Peter Blaikner

World Wide Innergebirg

Globale Pinzgauer Geschichten

Edition Eizenbergerhof

EDITION EIZENBERGERHOF 47

1. Auflage: November 2020 (1.500 Stück)
Herausgeber: prolit - Verein zur Förderung von Literatur,
Strubergasse 23, A-5020 Salzburg
www.prolit.at

Lektorat: Petra Gasperl, Petra Nagenkögel, Peter Fuschelberger
Umschlaggestaltung und Satz: Peter Fuschelberger
Druck: Samson Druck , St. Margarethen
Gedruckt (im Kern) auf Recycling Offset Vivus 89

Mit Unterstützung der Kulturabteilungen
von Stadt und Land Salzburg sowie vom
Bundesministerium Kunst, Kultur, Öffentlicher Dienst und Sport

ISBN 978-3-901243-46-2

Inhalt

Das gewisse Gschau

Mir wird bisweilen vorgeworfen, dass ich unfreundlich dreinschaue. Besonders Menschen, die mich zum ersten Mal sehen, geben nachher zu, verwundert gewesen zu sein wegen meines grantigen Gesichtsausdrucks, der mit einem leicht spöttischen Grinsen meine Erscheinung auch nicht verbessert. Mir selbst kann das gar nicht so richtig auffallen, ich bin schon lang daran gewöhnt. Jedoch fällt mir sehr wohl auf, dass ich von manchen Menschen nach einer ersten Kontaktaufnahme nie wieder etwas höre oder sehe. Dann tröste ich mich damit, dass es um diese Kontakte wahrscheinlich nicht schade ist. Bei anderen wiederum glaube ich zu bemerken, dass sie weiterhin interessiert sind, mit mir in nähere Bekanntschaft zu treten. Sie denken möglicherweise, dass hinter dieser eigentümlichen Fassade noch etwas anderes, vielleicht sogar etwas Freundliches stecke, das es zu entdecken gilt. Und ich weiß, dass es das gibt.

Mein sogenanntes Gschau hat schon früh andere Menschen verunsichert und provoziert. Im Gymnasium Zell am See bekam ich von einem meiner Mathematiklehrer auf jede mündliche Prüfung zwei Nicht genügend, eines dafür, dass ich mit der Prüfungsfrage nur bedingt etwas anfangen konnte, das andere, weil ich so geschaut habe, wie ich eben schaue. Den ersten Fünfer fand ich gerechtfertigt, den anderen nicht, denn ich wusste nicht, wie ich hätte anders schauen sollen, mein Gschau ist eben von der Natur so eingerichtet, quasi angeboren. Da konnte auch eine Schulnote nichts daran ändern. Wenn beim Bundesheer unsere vierzig Mann starke Kompanie angetreten war und der Unteroffizier vor uns auf und ab schritt, kam es oft vor, dass er gerade mich als einzigen der Kameraden ansprach und fragte: „Warum schauen Sie so?“ Ich sagte dann: „Ich schau so, wie ich halt schau. Das ist angeboren.“ Das war ein Grund, mich strafhalber das Wochenende in der Kaserne verbringen zu lassen. Da dachte ich, wenn mein Gschau schon derartig provoziert, kann ich damit nur Kabarettist werden oder Lehrer. Ich wurde beides, denn der Unterschied zwischen diesen Berufen ist ja nicht übermäßig groß. Beide stehen auf einer Bühne und versuchen, ihr Publikum zu interessieren. Beide rütteln an Strukturen, denen sie ausgeliefert sind. Und beide kriegen Geld dafür, dass sie sich scheinbar für andere zum Trottel machen. Ein Unterschied besteht höchstens darin, dass es dem Lehrer egal sein kann, ob der Raum, in dem er auftritt, ausverkauft ist oder nicht.

Vor kurzem machte mich meine Mutter mit einer ihrer Lebensweisheiten bekannt: „Pass auf die Leute auf, die freundlich dreinschauen! Denn das sind oft die falschesten.“ Da wurde mir plötzlich klar, was für ein Glück ich habe, mit einem unfreundlichen Gschau gesegnet zu sein, das mich als ehrlich erscheinen lässt und womöglich die falschen Menschen automatisch abschreckt. Leider ist mir das in meinem Leben nicht immer gelungen.

Wenn ich mir Geschichten ausdenke, mich an Ereignisse, Erlebnisse und Erzählungen erinnere, wenn ich sie aus meinem Gedächtnis und aus meiner Phantasie hole und sie aufschreibe, dann mache ich das meistens ganz allein, ohne jemanden dabei anzuschauen. Manchmal schließe ich dabei sogar die Augen und stelle mir innerlich vor, wie ich diese Geschichten nach außen tragen werde. Es ist meine eigene Sichtweise, die sich durch die verfassten Geschichten den Blicken der Betrachterinnen und der Betrachter aussetzt. Somit sind diese Geschichten von einem gewissen Gschau heraus zu sehen, das ich mir nicht ausgesucht habe, ob ich es will oder nicht. Auf diese Art schaue ich aus dem Innergebirg in die weite Welt hinaus, die wiederum tief in die Welt des Innergebirgs hineinschaut, mit einem eigenen Gschau, dem meinen manchmal gar nicht so unähnlich.

Die ersten Bücher

Das erste Buch, an das ich mich erinnere, ist „Meine Fibel“, womit wir in der Volksschule das Lesen erlernten. Anfangs waren die einzelnen Abschnitte, verziert mit schönen bunten Zeichnungen, in Schreibschrift gehalten, später dann in Druckschrift, die nach Weihnachten für uns die Leseschrift wurde. Mein Vater zeigte schon zu Schulbeginn auf die Texte in Druckschrift und sagte: „Wenn du das lesen kannst, dann kannst du auch Zeitungen lesen.“ Ich konnte es kaum erwarten, Zeitungen lesen zu können wie mein Vater, für den die Welt des geschriebenen Wortes fast ausschließlich aus Zeitungen bestand. Meine Mutter blätterte gern in Illustrierten, früher las sie auch Bücher, die sie regelmäßig über die Wiener Büchergilde Gutenberg bestellte und die bei uns im Wohnzimmer in einem kleinen Regal versammelt waren. Sie beklagte sich manchmal darüber, keine Zeit mehr für die Lektüre von Büchern zu haben, da sie die Familie und ihre Arbeit als Lederhosenmacherin zu sehr beanspruchten.

Meine Eltern, mein Bruder und ich wohnten in Zell am See im Haus meiner Großmutter, das diese auch als Frühstückspension führte. Die Räume im ersten Stock wurden an Urlauber vermietet, hauptsächlich an Deutsche, aber auch an Franzosen, die bei uns zum Wintersport waren. Meine Großmutter glaubte immer, dass es in Frankreich keine Berge gebe, weshalb die Franzosen zu uns reisten, um hier Schi zu fahren. Sie war ziemlich erstaunt, als sie einmal von einem französischen Urlauber eine Ansichtskarte bekam, auf dem der Mont Blanc abgebildet war. Ich sehe sie noch vor mir, wie sie mit der Karte in der Hand in der Küche stand und ausrief: „Na so was! Die Franzosen habn a Berg!" Ich erinnere mich daran, wie ein Franzose immer in einem bunten Buch blätterte und herzlich darüber lachte. Bei seiner Abreise schenkte er mir dieses Buch. Es war ein Comic-Band mit Geschichten über Micky Maus, Donald Duck und die anderen Walt-Disney-Figuren. So etwas hatte ich noch nie gesehen. Ich war fasziniert von den Zeichnungen und reimte mir davon ausgehend die Inhalte der Geschichten zusammen, weil ich ja den Text nicht verstand, er war auf Französisch. Als ich Tage später in der Tabak-Trafik Huber für meine Eltern Zigaretten kaufte, sah ich auf dem Ladentisch kleine Hefte mit denselben Figuren wie in dem Buch des Franzosen. Ich blätterte darin und bekam große Augen, denn der Text war natürlich auf Deutsch. Von da an sparte ich mein Geld, das ich durch das Einlösen des Flaschenpfands von Getränkeflaschen, die Urlauber liegen gelassen hatten, verdiente, um immer wieder Hefte mit diesen schönen Bildergeschichten zu kaufen. Die Welt der Comics wurde für lange Zeit meine große Lesewelt. Ich tauchte ein in die Geschichten von Micky Maus, Goofy, den Panzerknackern und all den anderen, war ständig zu Besuch in Entenhausen, lernte Fix und Foxi kennen, die drei kleinen Schweinchen und andere mehr. Mein besonderes Interesse galt bald den schmalen Comic-Heften im Querformat, dem sogenannten Piccolo Format. Ich verschlang die Erlebnisse von Tibor, dem Herrn des Dschungels, und die Abenteuer der ehrenwerten Ritter Sigurd und Falk. Als ich schließlich noch Prinz Eisenherz entdeckte, war ich nur noch mit selbst gebasteltem Holzschwert und Holzschild im Wald unterwegs, um seine Abenteuer nachzuspielen. Mit Ausnahme von Schulbüchern, in die wir notgedrungen schauen mussten, las ich keine Bücher, denn ich hatte ja diese tollen Hefte. Das genügte mir als vollwertiger Lesestoff.

Im Alter von zehn Jahren bekam ich zu Ostern mein erstes Buch geschenkt. Es hieß „Das Salzburger Sagenbuch“, eine Sammlung mit Sagen aus dem Land Salzburg, geschmückt mit schwarz-weißen Holzschnitten und nach den Salzburger Gauen geordnet. Ich war erstaunt, was sich hier auftat und las diese ungeheuerlichen Geschichten mit großer Freude, die sogar meine Vorliebe für Comics noch übertraf. Daraufhin wurde mir langsam klar, dass Bücher vielleicht doch eine Entdeckung sein könnten. Die Bücher im Regal bei uns im Wohnzimmer waren meine erste Fundgrube. Die Titel sagten mir natürlich nichts, sie klangen auch nicht besonders interessant. Ich blätterte in einigen dieser Bücher, doch erweckten sie kein besonderes Verlangen in mir. Da entdeckte ich etwas versteckt ein kleines blaues Buch, dessen Titel mich ansprach. „Die Schatzinsel“ von Robert Louis Stevenson. Darüber hinaus war auf der dritten Seite eine Karte abgebildet, die die Schatzinsel zeigt, wie sie vom Piratenkapitän John Flint im Jahr 1750 gezeichnet worden sein soll. Dieses Buch also verkörpert die erste umfassende Erzählung, sie ist immerhin 280 Seiten lang, die ich in meinem Leben las, eine Geschichte voll Sehnsucht nach Abenteuern auf hoher See und Reisen in exotische Länder. Ich war knapp zwölf Jahre alt. Ich erzählte meiner Mutter davon und fragte sie, ob sie mir ein anderes so spannendes Buch kaufen könnte. Sie antwortete jedoch nur: „Wenn dir das Buch so gefallen hat, dann lies es halt noch einmal." Damit war der Wunsch nach einem Zweitbuch dahin. Ich tröstete mich damit, dass es etwas Besseres und Spannenderes als „Die Schatzinsel" sowieso nicht geben würde und suchte gar nicht mehr nach neuen Büchern. Dann widmete ich mich wieder den Comics, doch weniger interessiert als zuvor.

Im Deutschunterricht am Gymnasium mussten wir nun Bücher lesen wie „Reineke Fuchs" von Goethe, ein Epos in zwölf Gesängen, im Versmaß des Hexameters gehalten. Das war eine starke Herausforderung. Grillparzers „Der Traum ein Leben" und Schillers „Jungfrau von Orleans", die wir im Unterricht mit verteilten Rollen laut vorzulesen hatten, ohne zu verstehen, worum es da eigentlich ging, übertrafen an Langeweile alles bisher Gelesene, sodass ich keine Lust hatte, auch noch in meiner Freizeit ein Buch zur Hand zu nehmen.

Eines Tages fragte uns unser Deutschlehrer – wir waren in der fünften oder sechsten Klasse – was wir denn so lesen und welche Bücher bei uns zu Hause in den Regalen stehen. Um nicht als vollends bildungsfern zu gelten, nannte ich „Via Mala“ von John Knittel, ein Buch, das zwischen anderen Werken dieses Autors bei uns im Wohnzimmer stand, rot leuchtete und dessen exotisch klingender Titel mir in Erinnerung war. Sehr begeistert schien unser Lehrer darüber nicht zu sein, denn er dachte wohl daran, dass nun große Namen der deutschsprachigen Literatur kämen, Gottfried Keller oder Thomas Mann. Als der Gruber Theo, ebenso über seine Leseerlebnisse befragt, wahrheitsgemäß sagte, er lese „Bin i Radi, bin i König“, die Biografie des legendären Fußballtorwarts Petar Radenkovic, war ich mit meinem John Knittel plötzlich wieder aufgewertet und stand gleich auf einer höheren Bildungsstufe, denn ein Fußballbuch war laut unserem Deutschlehrer der Lektüre eines Gymnasiasten nicht angemessen. Immerhin, dachte ich, im Gegensatz zu mir liest der Gruber Theo wenigstens ein Buch. Petar Radenkovic, genannt „Radi“, ein ehemaliger jugoslawischer Torwart, war einer der ersten ausländischen Spieler in der deutschen Fußball-Bundesliga. Er wurde mit dem TSV 1860 München im Jahr 1966 sogar deutscher Fußballmeister.

Unser Französischlehrer machte uns mit den Abenteuern von Asterix und Obelix bekannt und bestellte für jeden von uns den Band „Astérix chez les Bretons“

(„Asterix bei den Briten"). Sofort erinnerte ich mich an das Micky-Maus-Buch auf Französisch, das ich damals von dem Urlauber geschenkt bekommen hatte, mit dem Unterschied, dass die Bildgeschichten um Asterix viel besser waren und ich außerdem ihre Sprache jetzt mit tatkräftiger Hilfe unseres Lehrers ein wenig verstand.

Bald darauf traf ich meine um zwei Jahre ältere Cousine Elli. Sie war für mich ein kleines Vorbild, sie hörte Rock- und Pop-Musik, insbesondere „Cream" und die „Doors", war mit langhaarigen Jugendlichen befreundet, hatte einen eigenwilligen, freiheitsliebenden Lebensstil und ging in der Hörfarter-Diele in Stuhlfelden ein und aus, damals ein Hot-Spot der Oberpinzgauer Hippie-Szene. Als ich ihr sagte, dass ich eigentlich fast keine Bücher lese, war sie entsetzt und gab mir zwei Bücher von Hermann Hesse, „Narziss und Goldmund" und „Der Steppenwolf". Die Bücher Hermann Hesses wurden damals gerade von den Hippies weltweit wiederentdeckt und galten als Wegweiser für ein selbstbestimmtes, ungebundenes Leben.
Ich habe diese beiden Bücher eines nach dem anderen in nur wenigen Tagen und Nächten regelrecht verschlungen und fühlte mich danach endgültig, im Alter von fast siebzehn Jahren, in der Welt der Literatur angekommen. Denn seither lese ich mich quer durch alles Gedruckte, auch „Via Mala" habe ich mir irgendwann aus dem Regal im Wohnzimmer meiner Eltern geholt, ein großartiges Buch. Nun schien auch

unser Deutschlehrer endlich ein Einsehen mit uns gequälten Schülern zu haben und brachte Bücher in den Unterricht, die sich von den bisherigen abhoben und für die er uns jetzt die nötige Reife zugestand. So wurden „Die Blechtrommel“ von Günter Grass und „Die Buddenbrooks“ von Thomas Mann für mich zu großen Leseerlebnissen.

Wenn ich heute an all das zurückdenke, so kann ich doch sagen, dass „Der Steppenwolf“ als Buch wohl den größten Einfluss auf mein junges Leben hatte, es wies mir als erstes den Weg aus gesellschaftlichen Zwängen, zeigte mir das größte Gut, das wir haben, die Freiheit. Ich habe heute natürlich einige Lieblingsbücher und könnte eine Liste anführen. Eines würde dabei ganz oben auf dieser Liste stehen, der Roman „Hiob“ von Joseph Roth. Doch das ist eine Geschichte für sich.

Von einem Fenster zum andern

Das Gymnasium in Zell am See wurde im Jahr 1963 eröffnet und war im Gebäude des ehemaligen Finanzamts nicht weit vom Kino untergebracht. Ich besuchte es ab Schulanfang 1964, war also im zweiten Jahrgang seit seiner Gründung. Im September 1970 übersiedelten wir in ein neu errichtetes Schulgebäude nach Schüttdorf in der Nähe des Seeufers. Dort verbrachte ich die siebte und achte Klasse meiner Gymnasiumszeit. Wir hatten ein Klassenzimmer im ersten Stock über dem Haupteingang, ich saß direkt am Fenster neben dem Innerberger Egon, allein schon von seinem Familiennamen her ein typischer Innergebirgler. Statt dem Unterricht zu folgen, schauten wir beide gern zum Fenster hinaus, auf das Kitzsteinhorn und das Imbachhorn, das uns wie ein gutmütiger Riese belächelte und zu bedauern schien. Wir hatten von unseren Plätzen auch einen guten Blick auf neu gebaute Wohnungen gegenüber der Schule. In einer dieser Wohnungen war ein großes Fenster, hinter dem immer wieder eine Dame stand, um zu duschen. Sie muss das Duschen sehr genossen haben, denn sie tat es oft und auch sehr lang. Da dieses Haus soeben erbaut worden und noch nicht ganz fertig war, fehlte in der Wohnung dieser Dame wohl einiges an Einrichtung, so auch der Vorhang im Badezimmer. Der Blick aus dem Fenster unserer Klasse war spannender als der Unterricht, besonders während der beiden langweiligen und sinnlosen Physikstunden am Freitag, die bis halb zwei Uhr nachmittags dauerten. Wenn ich zum Innerberger Egon sagte, dass es schon Viertel nach eins sei, antwortete er zuversichtlich: „Dann wird es auch halb zwei werden.“ Und so war es auch, um halb zwei konnten wir die Schule endlich verlassen. Heute denke ich, dass uns durch diese sinnlosen Stunden Zeit gestohlen wurde, Zeit, die wir später dringend gebraucht hätten, wertvolle Zeit, Lebenszeit. Doch die Dame gegenüber in ihrem Badezimmer, dem der Vorhang fehlte, war eine willkommene Abwechslung, was den Diebstahl an Zeit ein wenig erträglicher machte. Besonders gern duschte sie übrigens am Freitag um die Mittagszeit.

Einmal sagte mir der Innerberger Egon während einer dieser unendlichen Physikstunden, als im Haus gegenüber leider gerade nichts los war, dass er gestern drei Französinnen kennengelernt habe, Schülerinnen aus Lyon, ungefähr so alt wie wir, die mit ihrer Schulklasse bei uns auf Schiurlaub waren und im Schweizerhof wohnten. Die wollte er morgen Abend treffen. Er fragte mich, ob ich mitkomme. „Eh klar“, sagte ich. Als ich am nächsten Abend in die Stadt ging, um den Innerberger Egon im Traubestüberl zu treffen, wohin auch die drei Französinnen kommen sollten, lief mir der Eibensteiner Kurt über den Weg, dem ich unseren Plan darlegte. Er sagte „passt schon“ und ging mit. Wir warteten im Traubestüberl auf die drei Französinnen, redeten mit dem Wirt, dem Traube-Heinz, über Frauen im Allgemeinen und Urlauberinnen im

Besonderen. Wir stellten uns die Begegnung mit den Französinnen vor und dachten daran, dass es gut war, den Eibensteiner Kurt dabei zu haben, denn so stehe es drei zu drei im Aufeinandertreffen Innergebirg gegen Frankreich. Da stürzte eine der Französinnen, sie hieß Nadine, bei der Tür herein, stammelte in einer Mischung aus Französisch und schlechtem Englisch, dass sie mit ihren Freundinnen heute zu Hause bleiben müsste, denn ihre Lehrpersonen hätten ihnen jeden Ausgang verboten. „Scheiße", sagte ich, „merde", sagte der Kurt, der sonst nicht viele französische Wörter kannte. Und der Innerberger Egon sagte, nachdem Nadine eiligst wieder gegangen war: „Dann besuchen wir sie eben zu Hause. Ich weiß, in welchem Zimmer sie sind."

Wir gingen zum Schweizerhof und kletterten dort auf ein Garagendach, das sich unter dem Zimmerfenster der drei Französinnen befand. Dann klopften wir ans Fenster. Nadine machte auf, sah uns, hielt sich vor Überraschung lachend die Hand vor den Mund und holte ihre zwei Freundinnen. Sie bedeuteten uns, leise zu sein, und ließen uns durch das Fenster in ihr Zimmer steigen, ein Zimmer mit zwei Betten, einem großen und einem kleineren. Wir setzten uns neben die Französinnen auf das große Bett und versuchten, ein Gespräch zu führen. Unser Französisch war im dritten Jahr Unterricht nicht besonders gut, aber passabel, um einige Gedanken und Gefühle auszutauschen. Außerdem hatten wir ja noch die Sprache der Gestik und der Mimik. Eine Konversation auf Englisch wäre uns lieber gewesen, aber das Englisch der Französinnen war auch nach sieben Jahren Unterricht dermaßen miserabel, dass wir uns fragten, was denn die in Frankreich im Englischunterricht lernten. In Ermangelung einer angemessenen gemeinsamen sprachlichen Basis ließen wir das Reden immer mehr bleiben und lächelten einander zu, was die sprachlichen Unterschiede mehr und mehr ersetzte. Plötzlich klopfte es an der Zimmertür. Wir hörten laute Stimmen. Nadine deutete uns, unter das große Bett zu kriechen, was wir auch schleunigst taten. Dann sperrte sie die Zimmertür auf, eine Frau und ein Mann kamen herein und fragten, was hier los sei, da sie seltsame Geräusche gehört hätten. Die drei Mädchen gaben unschuldige Antworten. Die Frau setzte sich schließlich auf das große Bett, das durch ihr Gewicht nach unten gedrückt wurde, direkt auf den Bauch des am Rücken liegenden Eibensteiner Kurt. „Uuuh!", sagte er, „Psst!", sagte ich. Die Frau sprang vom Bett auf, begann zu schreien und forderte ihren Begleiter auf, sofort unter dem Bett nachzusehen. So wurden wir entdeckt und standen nun zwei grimmig dreinblickenden französischen Lehrpersonen gegenüber, einem dünnen Mann und einer sehr beleibten Frau. Wir verstanden augenblicklich dieses „Uuuh!" des Eibensteiner Kurt. Die drei Schülerinnen saßen kleinlaut auf dem kleinen Bett, der dünne Lehrer ließ uns nicht aus den Augen, die dicke Lehrerin ging hinaus, um einen weiteren Kollegen zu holen, der uns in Schach halten sollte, während sie telefonisch die Gendarmerie verständigte. Niemand sagte etwas. Wenig später kam ein Gendarm in den Raum, es war der Unterwurzacher Fred, den wir gut kannten. Die Lehrerin erklärte ihm aufgeregt, was vorgefallen war, er verstand zwar nichts von ihrem Französisch, tat jedoch so, als hätte er einigermaßen verstanden. Die Sachlage war ja auch nicht besonders kompliziert, drei Innergebirgler, die in einem Zimmer mit drei Schülerinnen aufgefunden wurden, aber dort nicht hingehörten. Dann verlangte die Lehrerin vom Unterwurzacher Fred, dass er unsere Namen aufschreibe. Er zog aus seiner Uniformjacke einen Notizblock und einen Kugelschreiber hervor. Der Eibensteiner Kurt, ein Kenner des österreichischen Fußballs, ergriff das Wort und nannte sich Walter Glechner, den Innerberger Egon stellte er als Rudi Flögel vor, mich als Gustl Starek, alles Namen von Spielern des Wiener Fußballvereins Rapid. Der Unterwurzacher Fred machte mit ernstem Blick unser Spiel mit, schrieb alles auf und übergab den Zettel mit unseren Namen der Lehrerin, die sich nun etwas beruhigt hatte. Dann führte er uns ab. Auf der Straße vor dem Schweizerhof lachte der Unterwurzacher Fred und sagte: „Jetzt schleichts euch heim, denn ich muss die Übeltäter Glechner, Flögel und Starek suchen. Und die werd ich wahrscheinlich erst in Wien finden."

Am nächsten Montag saßen der Innerberger Egon und ich wieder in unserer Klasse, schauten hinüber zum Wohnhaus mit dem großen Badezimmerfenster, doch sahen wir keine duschende Dame mehr. Hinter dem Fenster war ein geschlossener Vorhang. Von Anneliese, der Sekretärin unseres Gymnasiums, erfuhren wir später, dass die Leitung der Schule der Dame gegenüber einen Vorhang spendiert hatte. Wir dachten an das, was wir noch vor einigen Tagen durch dieses Fenster gesehen hatten, wir dachten an das Fenster, durch das wir vorgestern zu den Französinnen gestiegen waren, unsere Gedanken kreisten von einem Fenster zum andern und wurden schließlich von der Stimme unseres Lehrers unterbrochen: „Meine Herren, da gibt es nichts mehr zu schauen. Dafür habe ich gesorgt."

Im nächsten Schuljahr hatten wir unsere Matura, ich fiel bei der mündlichen Prüfung in Französisch durch und musste im Herbst noch einmal antreten, wo ich dann, seit zwei Wochen ein frisch geschorener, kurzhaariger Jungmann beim Bundesheer, die Prüfung problemlos schaffte. Ich bin übrigens der erste Schüler, der in der Geschichte des Gymnasiums Zell am See die Matura nicht beim ersten Termin geschafft hat. Ich führte das Scheitern nicht auf die Ablenkungen durch die Dame im Gebäude gegenüber zurück, sondern auf den Umstand, Pech gehabt zu haben. Wer weiß, wie viel Französisch ich noch gelernt hätte, wenn damals unter dem Bett der Eibensteiner Kurt nicht „Uuuh!" gesagt hätte. Womöglich hätte ich die Matura sogar beim ersten Antreten bestanden.

Das ewige Eis

Schüttdorf, der südliche Stadtteil von Zell am See, wurde früher abfällig als Glasscherbenviertel bezeichnet. Noch über die Mitte des zwanzigsten Jahrhunderts hinaus standen dort bescheidene Behausungen, Hütten und Baracken, sodass Menschen, die dort lebten, als arm galten. Das hat sich heute natürlich grundlegend geändert. Einer dieser damals wenig begüterten Bewohner von Schüttdorf war der Brandtner Sigi, Sohn eines Eisenbahners bei der Pinzgauer Lokalbahn, der Schmalspureisenbahn von Zell am See nach Krimml. Er wuchs in einer Familie mit fünf Geschwistern auf, seine Eltern hatten große Mühe, mit ihrem bescheidenen Einkommen auszukommen. Sigi, der auch in der Schule als Glasscherbenviertler gern gehänselt wurde, hatte schon als Jugendlicher nur den einen Wunsch, diesem Dasein zu entkommen und ein Leben in Reichtum und Wohlstand zu führen. Nach einer Lehre als Koch und Kellner in einem Gasthaus arbeitete er jahrelang auf Kreuzfahrtschiffen, wo er reiche Touristen und Touristinnen auf ihren Reisen durch die Weltmeere mit Speisen und Getränken bediente. Die Bezahlung war gut, das Trinkgeld noch besser. Mit dem ersparten Geld und einem großzügigen Kredit kaufte er ein kleines Hotel in Saalbach, in der heutigen Tourismusregion Saalbach-Hinterglemm-Leogang-Fieberbrunn, die mit dem Slogan „Home of lässig“ um Gäste wirbt. Die Region Zell am See-Kaprun ist mit ihrem Werbespruch nicht weniger originell:

„Lass die Freude rein!“ Sigi Brandtners Traum von einem Leben in Wohlstand, sein Wunsch, nie wieder arm sein zu müssen, wurde wahr, denn sein Hotel, das er nach und nach erweiterte und zu einem großen touristischen Komplex ausbaute, lief bestens. Er wurde ein umsichtiger und sparsamer Eigentümer, war hart zu seinen Mitarbeiterinnen und Mitarbeitern, aber auch hart zu sich selbst.

Die Erwärmung des Weltklimas und der damit einher gehende Rückgang der Gletscher wurde allmählich auch im Innergebirg spürbar. Nicht nur die Betreiber der Bergbahngesellschaften, auch die Gastronomen, vom Hotelier bis zum Schirmbarbesitzer, machten sich Sorgen, dass der Schnee weniger werden oder womöglich einmal ganz ausbleiben könnte. Das grenzenlose Vergnügen des Schifahrens wäre massiv beeinträchtigt. Die vielen, über die Jahre gebauten, erweiterten und modernisierten Seilbahnen, die Sessellifte mit den beheizten Sitzen, die Internet-Anschlüsse auf den Schipisten für das unmittelbare Weiterverschicken von Urlaubsvideos, die Beschallungsanlagen innerhalb und außerhalb der Bergrestaurants, die gesamte touristische Infrastruktur mit den Mega-Events, dem knallbunt organisierten Après-Ski-Komasaufen, die volkstümlichen Belustigungsabende, all das wäre umsonst geschaffen worden und würde bald nutzlos darniederliegen, nur weil eines fehlte: der Schnee. Beschneiungsanlagen, Schneekanonen und Speicherteiche versuchten zwar, dieser Entwicklung entgegenzuwirken, doch der Rückgang der Gletscher mit seinen möglichen negativen Auswirkungen auf das wirtschaftliche Leben im Innergebirg war nicht aufzuhalten.

Der Brandtner Sigi erinnerte sich gern an alte Sagen und Erzählungen, die ihm seine Mutter in der Kindheit vorgelesen hatte. Besonders beeindruckten ihn damals die Sagen von verwunschenen und verfluchten Almen. Eine davon war die Sage von der „Übergossenen Alm“ am Hochkönig. Dort, wo sich heute die spärlichen Reste eines Gletschers befinden, war früher eine blühende Alm. Die Leute auf dieser Alm führten jedoch ein frevelhaftes Leben in Sünde und Verschwendung. Sie vergoldeten den Stieren die Hörner, badeten in Milch, pflasterten die Wege mit Käselaibern und füllten die Lücken zwischen diesen Pflastersteinen mit Butter aus. Um diesem Frevel Einhalt zu gebieten und den Übermut zu bestrafen, schickten die Dämonen und Geister der Berge, angeführt von den berüchtigten Venedigermandln, einen höllischen Sturm, der die Alm mit Schnee und Eis überzog und alles Leben darunter vernichtete. Daher stammt der Name für diesen Gletscher, die „Übergossene Alm“.
Eine andere Sage, die den Brandtner Sigi ebenfalls, wenn nicht noch mehr beeindruckte, war die Sage von der Entstehung des Gletschers auf dem Wiesbachhorn. Der Vögerlbauer, einer der reichsten Bauern in der Gegend, war erfüllt von Geiz und Neid. Er schikanierte seine Dienstboten und war allgemein

hartherzig zu seinen Mitmenschen. Als er eines Tages auf seiner Alm einem Bettler kein Essen geben wollte, schickten die Venedigermandln, mit denen dieser Bettler anscheinend gut bekannt war, drei Tage lang ein furchtbares Donnerwetter und verhüllten den Berg mit dunklen Wolken. Als sich die Wolken wieder verzogen, sah man das Wiesbachhorn, das bis dahin mit Wiesen bedeckt gewesen war, von einem mächtigen Gletscher überzogen. Der Vögerlbauer selbst wird seither im ewigen Eis gefangen gehalten und versucht mühsam, von dort auszubrechen. Manchmal hört man auch heute noch seine verzweifelten Schläge gegen die Eiswände.

Der Brandtner Sigi glaubte an die Wahrheit dieser Geschichten und dachte sich, durch ein frevelhaftes und sündiges Leben könnte man eventuell erreichen, dass die immer weniger werdenden Gletscher wieder größer würden und wieder mehr Land bedeckten, zumindest so viel Land wie vor Jahren, als man von einem modernen Klimawandel noch nichts wusste. Was die Dämonen und Berggeister vor langer Zeit zuwege gebracht hatten, könnte ja auch heute funktionieren. Und so begann er einen hartherzigen und lieblosen Umgang mit den Mitmenschen zu pflegen, ein verschwenderisches Leben zu führen, um die Mächte des Himmels und der Finsternis herauszufordern und sie zu zwingen, Teile des Landes mit Eis zu überziehen und somit das Verschwinden der Gletscher nachhaltig zu bremsen. Er glaubte felsenfest daran, mit seiner Methode eines Tages Erfolg zu haben. Er sprach mit niemandem darüber, um nicht für verrückt gehalten und womöglich mitleidig belächelt zu werden. Sollten aber wahrhaftig einmal die Venedigermandln mit Schnee und Eis kommen, dann würden nicht nur er, sondern auch viele andere im Innergebirg von diesem neuerlichen Erstarken der Gletscher profitieren. Und dann würde niemand den Brandtner Sigi als Verursacher dieser wunderbaren Veränderung anerkennen. Das ärgerte ihn manchmal so sehr, dass er ernsthaft daran dachte, seinen Lebenswandel neuerlich zu ändern, freundlich, bescheiden und wieder sparsam zu werden. Dann nämlich, das war für ihn klar, wäre auch die letzte Chance auf eine Verbesserung des derzeitigen schneearmen Zustandes dahin, es würde sich nichts mehr zum Guten ändern und der Wintertourismus vor die Hunde gehen. Alle, die vorher davon reich geworden waren, würden in Armut versinken und ein Leben als Glasscherbenviertler fristen müssen, so wie einst der Brandtner Sigi vor vielen Jahren in Schüttdorf.

Ein wenig Abwechslung

Mein Vater arbeitete lange Zeit als Tischler bei den Tauernkraftwerken in Kaprun, wurde aber auch für andere Tätigkeiten im Unternehmen herangezogen. Beim Bau der Seilbahn, die den Gletscher auf dem Kitzsteinhorn als erstes Gletscherschigebiet Österreichs für das Schifahren erschloss, war er im Jahr 1966 einige Zeit lang an der Errichtung der Seilbahnstütze beteiligt, die mit 113,6 Metern Höhe die höchste der Welt werden sollte. Dieser Rekord wurde erst fünfzig Jahre später von einer 127 Meter hohen Stütze der Seilbahn auf die Zugspitze gebrochen. Danach war die 188,88 Meter hohe Seilbahnstütze der Bahn über die Halong Bucht in Vietnam die höchste der Welt. Das Maß von 188,88 Metern ist kein Zufall, gilt doch die Zahl acht in Vietnam als Glückssymbol. Seit kurzem hält die 207 Meter hohe Stütze bei Haiphong, ebenfalls in Vietnam, diesen Rekord. Beide Stützen in Vietnam sowie diejenige der Seilbahn auf die Zugspitze wurden von Technikern aus dem Pinzgau geplant.

Die Arbeiten an der Stütze auf dem Kitzsteinhorn waren gefährlich und schwierig, da auch bei strengsten Wetterbedingungen auf über 2.500 Metern Seehöhe im Freien gearbeitet werden musste. Mein Vater sehnte sich oft nach der Wärme und Gemütlichkeit in der Tischlerei. Einer seiner jüngeren Arbeitskollegen war damals der Mitterbauer Richard aus Bramberg im Oberpinzgau, der nach Fertigstellung der Gletscherbahn dort als Seilbahnfahrer arbeitete. Er hatte durchgehend zehn Tage Dienst und vier Tage frei. Zu meinem Vater sagte er immer wieder: „Ich kann mir nicht vorstellen, mein ganzes Leben als Seilbahnfahrer zu arbeiten. Da ist mir zu wenig Abwechslung drin. Immer nur hinauf und hinunter, sonst nichts." Mein Vater, dem diese Jammerei langsam auf die Nerven ging, sagte einmal ganz nebenbei: „Dann geh halt zur Gendarmerie! Vielleicht nehmen sie dich dort." Dieser Gedanke ging dem Mitterbauer Richard nicht mehr aus dem Kopf. Er bewunderte sowieso schon lang den Gendarmeriepostenkommandanten seines Heimatortes Bramberg, der immer wieder einschreiten musste, wenn es zwischen dem Wirt und dem Pfarrer des Ortes zu Handgreiflichkeiten kam. Bramberg galt als Hochburg der Kriminalität, man sagt sogar, dass der Ort damals pro Kopf die meisten Vorstrafen in Österreich hatte. Ich selbst habe im Jahr 1993 noch einen der berüchtigten Bramberger Kriminellen erlebt. Bei meinem Kabarettauftritt im Gasthaus Senningerbräu kam in der Pause der Totengraber Steff, Sohn des Totengräbers, zu mir. Er war schon als Jugendlicher durch widrige Umstände auf die schiefe Bahn geraten und hatte eine umfangreiche kriminelle Karriere vorzuweisen. Er sagte: „Wenn du das über die Polizei nicht gsagt hättst, dann hätt ich dich von der Bühne runtergfotzt." Gott sei Dank habe ich in meinem Programm einen kritischen Witz über die Polizei gemacht, sodass ich auch die zweite Hälfte meines Kabaretts ohne Zwischenfälle spielen durfte. Mit dem Steff habe ich mich danach bestens unterhalten.

Der Mitterbauer Richard meldete sich bei der Gendarmerie und kam zur Polizei. Damals waren Gendarmerie und Polizei noch zwei getrennte Bereiche, die Polizei hieß am Land Gendarmerie, die Gendarmerie in der Stadt Polizei. Er bestand die Aufnahmeprüfung, absolvierte die Ausbildung an der Polizeischule am Rudolfsplatz in Salzburg und wurde im Jahr 1969 Polizist im Wachzimmer am Bahnhof in der Stadt Salzburg. Von nun an hatte er über einen Mangel an Abwechslung nicht mehr zu klagen.

Neben den üblichen Einschreitungen gegen lokale Übeltäter und Gesetzesbrecher war es besonders eine auffällige, originelle Person, mit der er es in regelmäßigen Abständen zu tun hatte. Sie hieß Christine Egger, wurde um 1925 in der Nähe von Mondsee geboren und kam als Lehrmädchen zu einem Getränkegroßmarkt nach Salzburg. Das erste Zusammentreffen mit ihr hatte der Mitterbauer Richard einen Tag nach seinem Dienstantritt in der Wachstube am Bahnhof. Christine Egger arbeitete nebenan im Gebäude der Post, wo sie die Fenster putzte und vorbeikommende Polizisten von der Leiter herunter in einer direkten und launigen Art ansprach. Während sie von seinen Kollegen ignoriert wurde, redete der Mitterbauer Richard freundlich und höflich zurück. Das war für sie ein eindeutiges Zeichen, sich kurz darauf ins Wachzimmer zu begeben. Der Mitterbauer Richard war ziemlich überrascht, als sie ihn einlud, sich mit ihr im Hinterzimmer sexuell zu vergnügen. Er wurde rot im Gesicht und stammelte so etwas wie „Geht nicht, bin im Dienst“, worauf sie das Wachzimmer mit den Worten verließ: „Auch dein Dienst dauert nicht ewig.“ Seine Kollegen lachten und sagten zu ihm: „Das hast jetzt davon, dass du zuerst so freundlich zu ihr warst.“ Dann klärten sie ihn über diese Frau auf, die allgemein und einschlägig als „Autobahn-Christl“ bekannt war.

Die Autobahn-Christl wird von Zeitzeugen als nett beschrieben, als fleißig, zuverlässig und umgänglich. Wenn sie nüchtern war, konnte man gut mit ihr reden, doch wenn sie Alkohol getrunken hatte, was täglich vorkam, wurde sie ausfällig, neigte zu Wutausbrüchen und zu gewalttätigen Handlungen. Dann war sie darauf aus, mit möglichst vielen Männern sexuell zu verkehren. Sie galt als Nymphomanin, umgangssprachlich ausgedrückt als eine Frau mit einer weißen Leber. Und die Mischung aus weißer Leber und Alkohol ist allgemein eine fatale. Tagsüber arbeitete sie als Putzfrau bei der Post oder als Autowäscherin an Tankstellen, sie schleppte Bierkisten in Getränkemärkten. In der Nacht suchte sie nach Männern und hielt sich dort auf, wo diese in größerer Anzahl anzutreffen waren, bei Polizeiposten, in Kasernen, auf den Parkplätzen an der naheliegenden deutschen Grenze, wo die Fernfahrer in ihren Lastwagen das Wochenende lang warten mussten, bis sie am Montag weiterfahren konnten. Manche Fernfahrer waren froh über diese Abwechslung und auch meistens gut zu ihr. Sie verlangte kein Geld für ihre Gefälligkeit, wollte einfach nur Männer haben, einen nach dem anderen. Manchmal fuhr sie auch mit einem Fernfahrer ein Stück mit. Von ihrer Vorliebe, sich auf Parkplätzen in der Nähe der Autobahn herumzutreiben, stammte auch ihr Spitzname: Autobahn-Christl.

Der Mitterbauer Richard gefiel ihr von Anfang an ganz gut, zu ihm fühlte sie sich hingezogen wie zu einem vertrauten Kameraden. Er schilderte sie mir als ziemlich fesch, eine mittelgroße Frau mit kurzem brünettem Haar, mit einer fast männlichen Figur. Immer wieder suchte sie den Mitterbauer Richard im Wachzimmer auf, schüttete ihm ihr Herz aus, sprach von ihrem Unglück, saufen zu müssen, um den Mut zu haben, Männer anzusprechen und ihnen eindeutige Angebote zu machen. Sie erzählte ihm auch, dass sie zwei Kinder hatte, die ihr aber wegen ihres Lebenswandels weggenommen worden waren. Darunter litt sie unendlich und soff deswegen umso mehr. Längere Beziehungen zu Männern dürfte sie nicht gehabt haben, jedenfalls war dem Mitterbauer Richard nichts bekannt. Und sie hätte ihm sicher mit Stolz davon erzählt.

Sie verkehrte gern im Gasthaus Itzlinger Hof, wo sie auf den Tischen tanzte und Gläser durch den Raum warf. Die Männer hatten ihren Spaß mit ihr, setzten sie unter Alkohol, machten sie betrunken. Der Spaß kippte oft in Gewalttätigkeit um. Wenn sie bemerkte, dass man sich über sie lustig machte und sich auf ihre Kosten amüsierte, ohne ihr dafür etwas zurückzugeben, begann sie zu schreien und um sich zu schlagen. „Ein

Wirt", sagte der Mitterbauer Richard, „ein Wirt hat damals noch prinzipiell als Instanz gegolten, als eine Art erster Polizist, der es verstanden hat, auch heikle Situationen wieder hinzukriegen." Wenn aber sogar der Wirt keinen Ausweg mehr sah, diese Frau zu bändigen, holte er Hilfe bei der Polizei. Die Christl bot den angerückten Polizisten an, sich mit ihr auf der Toilette näher zu beschäftigen, was diese natürlich ablehnten. Manchmal soll sie sogar gesagt haben: „Dann gib mir wenigstens deinen Gummiknüppel. Der passt auch." Es war auch für die Polizisten nicht leicht, mit dieser Frau fertig zu werden und sie mitzunehmen, denn sie war stark, besonders in betrunkenem Zustand. Da brauchte es schon drei kräftige Polizeibeamte, um sie abzuführen. Einzig mit dem Mitterbauer Richard ging sie problemlos mit, sodass man meistens ihn mit zwei Kollegen losschickte, wenn der Anruf kam, die Christl randaliere herum und sei nicht zu bändigen. Ihm tat diese Frau immer dann besonders leid, wenn er sah, wie sie erst von den Männern provoziert, dann aber, wenn die Lage eskalierte, fallen gelassen wurde, weggeschoben, weil man sich ihrer Anwesenheit schämte. Dann wurde sie zur Ausnüchterung in eine Gefängniszelle gesteckt. Belästigung, Ruhestörung und Körperverletzung waren meistens die ihr vorgeworfenen Delikte, die der Mitterbauer Richard später wieder fallen ließ, sofern das möglich war.

Manchmal stand die Autobahn-Christl am Nordtor vor dem Zaun der Schwarzenbergkaserne in Siezenheim

und schrie, die Männer mögen zu ihr kommen. Die Soldaten jedoch blieben brav in der Kaserne. Es wird aber auch erzählt, dass es ihr sogar gelungen sei, sich in die Kaserne zu schleichen, um sich in einer Soldatenunterkunft einen Soldaten nach dem anderen vorzunehmen. So wurde der Ruf der Autobahn-Christl von Wehrmanngeneration zu Wehrmanngeneration verbreitet, auch heute noch schmunzeln manche alte Männer, wenn sie diesen Namen hören, den Namen einer Frau, die es immerhin schaffte, weitum bekannt und über die Jahre sogar legendär zu werden.
Immer wieder klingelte das Telefon in der Wachstube am Bahnhof, jemand meldete, dass die Autobahn-Christl irgendwo randaliere und man dringend Hilfe brauche. Einmal kam der Anruf direkt von einem Büro am Bahnhof. „Holts die Christl, sie liegt bsoffn unterm Tisch!" Bei Eintreffen der Polizei stellte man fest, dass sie dort nicht allein lag, sondern mit dem Fahrdienstleiter der Deutschen Bahn. Und da sich dieses Büro zwar auf dem Salzburger Hauptbahnhof, aber wegen der Grenznähe auf dem Gebiet der deutschen Bundesbahn befand, fühlte sich die österreichische Polizei nicht zuständig.

Im Warteraum am Bahnhof, neben dem berühmten, seit dem letzten Umbau abgerissenen Marmorsaal gelegen, hielten sich nachts immer Obdachlose auf, die dort einen geschützten Raum für die Nacht hatten, feierten, rauchten, soffen und schliefen. Die Polizeistreife der Wachstube am Bahnhof hatte auch die

Aufgabe, diese Personen aus dem Raum zu entfernen, um ihn den wartenden Reisenden in angemessener, sauberer und sicherer Weise zugänglich zu machen. Das war immer eine mühsame, nervenaufreibende und langwierige Aufgabe. Manchmal jedoch, so erzählte mir der Mitterbauer Richard, kam die Autobahn-Christl in die Wachstube und sagte: „Soll ich das für euch übernehmen?" Die Streifenpolizisten überließen ihr gern den Warteraum, der in fünf Minuten leer geräumt war. Die Christl schrie um sich und stieß dermaßen unflätige Drohungen aus, dass sogar hartgesottene Obdachlose schleunigst das Weite suchten. Nach getaner Arbeit setzte sie sich ins Wachzimmer zu den Polizisten und ließ sich für ihre Leistung bewundern. Dann war sie still und glücklich, etwas Gutes getan zu haben. In solchen Momenten erinnerte sich der Mitterbauer Richard gern an seine Zeit als Seilbahnfahrer bei der Gletscherbahn Kaprun und dachte, dass sein Entschluss, Polizist zu werden, ein guter war, denn so viel wie hier hätte er sonst in seinem ganzen Leben nicht erlebt. Allein schon sein Zusammentreffen mit der Autobahn-Christl war es wert, das Innergebirg verlassen zu haben und nach Salzburg in die Landeshauptstadt gekommen zu sein.

Ende des Jahres 2001 ging er in Pension. Im Juli zuvor hatte er noch einen größeren Einsatz beim WEF, dem World Economic Forum, einem im Kongresshaus der Stadt Salzburg abgehaltenen Wirtschaftsgipfel, zu dem Politiker und internationale Wirtschaftsbosse eingeladen waren. Um diese Personen vor Demonstranten zu schützen, die sich kritisch zu Globalisierung und den Auswüchsen einer von wenigen Mächtigen dominierten Weltwirtschaft äußerten, versammelte man ein großes Aufgebot an Polizisten in der Stadt. Auch der Mitterbauer Richard war dabei. Die meisten Demonstranten wollten ihr Anliegen friedlich kundtun, doch gab es auch gewaltbereite Personen, die den friedlichen Demonstrationszug vom Bahnhof ins Zentrum der Stadt störten und dadurch einen groß angelegten Einsatz der Polizei hervorriefen. Schließlich wurden ungefähr vierhundert Demonstranten in der Wolf-Dietrich-Straße von Einheiten der Polizei eingekesselt. Der Mitterbauer Richard beobachtete die Lage und bemerkte plötzlich inmitten der Eingekesselten eine dünne Frau, die ängstlich um sich blickte und nicht zu verstehen schien, was da gerade geschah. „Das ist die Autobahn-Christl“, sagte er zu einem jüngeren Kollegen, der mit diesem Namen nichts anzufangen wusste. „Die kenne ich. Sie hat mit der Sache nichts zu tun.“ Er bewirkte bei seinen Kollegen, die Frau aus dem Kessel zu führen. Dann stand sie vor ihm, verwirrt und am falschen Ort, gealtert zwar, aber doch unverkennbar. „So viele Polizisten auf einem Haufen!“, sagte sie mit einem Lächeln, das der Mitterbauer Richard noch nie an ihr gesehen hatte. Das ist wohl die Würde des Alters, die ihr aus dem Gesicht schaut, dachte er, als die Christl interessiert zu ihm sagte: „Dich kenn ich. Aber wir zwei habn noch nie was ghabt miteinand. Leider. Weil dich hätt ich mir gemerkt.“ Seine Kollegen grinsten sich zu.

Dann ging sie weg. Das war das letzte Mal, dass der Mitterbauer Richard die Christine Egger sah, inmitten von einer Masse jugendlicher Demonstranten, mit denen sie nichts zu tun hatte, unbeachtet, fremd, wie zufällig vom Ende einer Autobahn aus einer anderen Welt hierher geworfen.

Neue Nachbarn

Im Innergebirg kaufte einmal der aus Niederösterreich stammende Pospischil Georg dem Buchner Franz, einem Einheimischen, der es vorzog, ins Altersheim zu übersiedeln, sein Haus ab, eine ehemals gut gehende Frühstückspension. Der Georg war ein geselliger, gern gesehener Nachbar, er wirkte hier gut aufgehoben, trotzdem plagte ihn mit zunehmendem Alter mehr und mehr das Heimweh nach seiner niederösterreichischen Heimat. Nach fünfzehn Jahren verkaufte er sein Haus, um dorthin zurückzukehren, wo er geboren worden war. Kein Mensch im Innergebirg verstand, warum man einen Wohnsitz hier aufgibt, um irgendwo in Niederösterreich, womöglich auch noch in der Nähe von Wien, leben zu müssen. Käufer seines Hauses waren ein Mann und eine Frau aus Tschechien, die als Bürger der Europäischen Union die Immobilie ohne Umstände erwerben konnten.

Angrenzend an diese Liegenschaft wohnte die Breitfuß Lisi, eine resolute Frau, die immer sagte, was sie sich dachte, in einem bescheidenen Haus, das sie gemeinsam mit ihrem vor kurzem verstorbenen Mann vor vielen Jahren erbaut hatte. Sie fragte den Georg, ob er von den Tschechen das Geld für den Verkauf seines Hauses schon bekommen hätte. Denn ihrer Meinung nach konnte man Leuten aus dem ehemaligen Ostblock nicht uneingeschränkt trauen. Der Georg antwortete beruhigend: „Noch nicht, aber da mach ich mir keine Sorgen, denn das Geld kommt von einer Bank aus Liechtenstein." So war es auch, der Georg bekam das Geld für sein Haus und verließ das Innergebirg für immer, um künftig am Ort seiner Herkunft zu leben.

Die beiden Leute aus Tschechien, nun Nachbarn der Breitfuß Lisi, arbeiteten fleißig, um ihr Haus, das wie schon zu Zeiten des Pospischil Georg auch von ihnen als Frühstückspension geführt wurde, in Schuss zu halten und zu renovieren. Sie versuchten, ein gutes Verhältnis zu den Leuten ringsum aufzubauen, so auch zur Lisi, die jedoch nur den allernötigsten Kontakt zu ihnen pflegte, denn im Innergebirg bleiben Zugereiste aus Prinzip über Generationen hinaus Zugereiste, besonders dann, wenn sie aus einem Land östlich des Innergebirgs stammen. Nach einigen Jahren kauften die Tschechen dem Biberger Hans einen Grund ab, der sowohl an die vom Pospischil Georg erworbene Liegenschaft als auch an den Grund der Breitfuß Lisi grenzte. Etwas erstaunt war die Lisi schon, denn der Hans, Enkel eines Bauern mit großem Grundbesitz, war bekannt dafür, niemals einen Grund herzugeben. Da müssen schon gute Gründe dahinter liegen, dachte sie sich und fragte ihn eines Tages: „Und? Kriegst du dein Geld auch aus Liechtenstein?" „Nein", antwortete dieser beiläufig, „das Geld kommt aus Malta. Da mach ich mir keine Sorgen." Die Lisi überlegte, dass ihre neuen Nachbarn wohl reiche Leute sein müssten. Reiche Leute hatte sie sich jedoch immer anders vorgestellt, wie solche aussehen, wusste sie vom Fernsehen. Wahrscheinlich konnten sie sich perfekt verstellen und versuchten, sich an ihre eher bescheidene Nachbarschaft gut anzupassen, was sie der Lisi fast ein wenig sympathisch machte. Von nun an grüßte sie freundlicher als zuvor und hängte an ihren Gruß manchmal sogar ein „Viel Schnee heute“ oder ein „Sauwetter heute“ an, das mit einem wohlwollenden Lächeln erwidert wurde. Denn sehr viel Deutsch, geschweige denn Einheimisch, sprachen diese Nachbarn auch nach Jahren noch nicht.

Als der Biberger Hans noch einen Grund an diese freundlichen Leute verkaufte, wurde die Lisi misstrauisch. Sie machte ihre Freundin, die Affenzeller Moni, mit der ganzen Angelegenheit vertraut, eine Frau von äußerster Neugier, mit dem Bedürfnis, alles wissen zu wollen und dieses Wissen auch mitzuteilen. Neben der Eingangstür ihres Hauses hängt heute noch ein Schild mit der Aufschrift: „Gott weiß alles, die Nachbarschaft noch mehr.“ Die Affenzeller Moni hatte einen Sohn, Alex, den sie nun beauftragte, über das Internet Nachforschungen über die beiden Tschechen anzustellen. Alex fand heraus, dass es sich dabei um Gesellschafter einer Immobilienfirma handelte. Diese Immobilienfirma war wiederum im Eigentum einer Firma namens „Tiberias“, von der es keine Website, keine E-Mail-Adresse, keine Telefonnummer und auch keine Namen von verantwortlichen Personen gab, sondern lediglich eine Postadresse in Vaduz, der

Hauptstadt des Fürstentums Liechtenstein. Weitere Nachforschungen ergaben, dass an dieser Adresse ein Treuhandunternehmen ansässig war, das die Geschäftsbeziehungen einzelner Firmen vertrauensvoll betreute. Eine davon trug den Namen „Tiberias". Alex erklärte nun der Lisi und der Moni, dass es sich bei „Tiberias" um eine sogenannte Briefkastenfirma handeln könnte, die durch Eintragung im Firmenregister zwar rechtlich existiert, jedoch die wirtschaftlichen Zwecke von Hintermännern oder Hinterfrauen verfolgt, die aus gewissen Gründen nach außen hin nicht in Erscheinung treten wollen. Deshalb gibt es hier auch keine Namen von Eigentümern, Vorständen oder Gesellschaftern. Das wurde nach mehreren Erläuterungen und Wiederholungen sogar der Lisi klar, die immer etwas länger brauchte, um einen ungewöhnlichen Sachverhalt zu verstehen. Ungewöhnlich erschien die Sache schon. Somit dürften die beiden Leute aus Tschechien in der Nachbarschaft also den Auftrag haben, innergebirglerische Grundstücke für diese Firma zu erwerben und dann diese Liegenschaften in deren Sinn als eine Art Hausmeister zu verwalten und vermögenstechnisch zu verwerten. „Ein Strohmann und eine Strohfrau", sagte die Moni, und die Lisi meinte: „Die können sich dann gleich beim nächsten Bauernherbst als Strohpuppen auf den Kreisverkehr stellen." Die beiden Damen lachten und nippten an ihrem Glas mit Eierlikör, den sie seinerzeit vom Pospischil Georg, einem großen Meister im Herstellen hochprozentiger Getränke, bekommen hatten.

Als dann zufällig auch noch der britische Premierminister David Cameron im Fernsehen erklärte, dass vor allem korrupte Funktionäre, Kriminelle und Geldwäscher die Dienste von Briefkastenfirmen in Anspruch nähmen, vermutete die Lisi, dass sich in ihrer Nachbarschaft die Handlanger von Gangstern aus verschiedenen Ecken der Welt niedergelassen hatten. Sie ging von nun an, wie schon zu Beginn, ihren Nachbarn aus dem Weg, grüßte sie nicht mehr, und schon gar nicht freundlich. Und als die Tschechen das Haus erweiterten und darin ein Hallenbad errichteten, sagte sie zur Moni: „Jetzt haben die sich auch noch ein Hallenbad gebaut, damit sie besser Geld waschen können."

Alex fand durch Gespräche mit einem Freund, der den Wirtschaftsteil einer Tageszeitung betreute, heraus, dass Firmen, die ihr Geld durch verbotene Geschäfte wie Drogenhandel, Glücksspiel oder Prostitution verdienen, dieses Schwarzgeld nicht offiziell deklarieren können. Also suchen sie nach Wegen, um es rein zu waschen und offiziell darüber zu verfügen. Der Erwerb von Immobilien mit dem Umweg über mehrere Banken und einem dort und da gehüteten Bankgeheimnis, das die Herkunft des Geldes verschweigt, bietet sich hier als Möglichkeit an. Das wird jedoch immer schwieriger, da die Behörden in der Bekämpfung derartiger Machenschaften schlagkräftiger und schlauer geworden sind. Sehr einfach hingegen, so wird hinter vorgehaltener Hand berichtet, funktioniert der Kauf von Immobilien, indem man dem

Verkäufer neben dem ohnedies schon überhöhten ortsüblichen Marktwert noch eine Summe Geld bar übergibt, ein aus dem Schwarzhandel erwirtschaftetes Geld, das im Finanzkreislauf gar nicht existieren darf. Dieses Schmiergeld dient vortrefflich dazu, an Immobilien zu kommen, die sonst nicht verkauft worden wären, für die der Verkäufer nun jedoch so viel Geld bekommt, wie er sich nicht hätte träumen lassen. Denn wie bei allen Geschäften ist auch im Handel mit Grundstücken vieles oft nur eine Frage der Höhe der Summe, um ans Ziel zu gelangen. Und als nun auch noch der nicht weit entfernt von der Lisi wohnhafte Moser Alois, der ebenso wie der Biberger Hans immer beteuert hatte, niemals etwas von seinem Besitz herzugeben, einen Grund an die Tschechen verkaufte, nahmen die Lisi und die Moni an, dass er heimlich über die Firma „Tiberias“ wohl ein größeres Paket mit Geldscheinen überreicht bekommen haben würde. Es versteht sich von selbst, dass darüber nicht geredet wird.

Zwei Jahre später wurde beim Moser Alois eingebrochen. Ein Tresor, der sich hinter einem Bild des Heiligen Florian in einer Mauer im Schlafzimmer befand, wurde aus der Verankerung gerissen und mitgenommen. Der seit dem Tod seiner Frau allein lebende Alois befand sich gerade auf einer Autobusreise nach Südtirol, die er von seinen Kindern zum Geburtstag geschenkt bekommen hatte. In der Nachbarschaft bemerkte niemand etwas von dem Einbruch, ein Nachbar sah zwar schon zwei Männer, die einen schweren Gegenstand zu einem Auto schleppten, dachte sich aber nichts dabei. Denn gerade in dieser Gegend werden immer wieder größere Gegenstände herumgetragen, eine Folge der vielen Anschaffungen auf Grund der notwendigen baulichen Instandhaltungsmaßnahmen ringsum. Der Moser Alois meldete den Vorfall bei seiner Haushaltsversicherung, die auch Diebstähle und Einbrüche deckte. Ein umsichtiger Versicherungsagent, eher klein von Statur und aus dem Pinzgau stammend, weshalb er „der kleine Pinz" genannt wurde, war für diesen Fall zuständig und fragte den Alois, welche Wertgegenstände und wieviel Geld sich denn in dem Tresor befunden hätten. Da machte der Alois den entscheidenden Fehler, dem Mann von der Versicherung zu antworten: „Zweihunderttausend Euro". Als der kleine Pinz verblüfft fragte, woher denn dieses viele Geld stamme und warum er es nicht auf einem sicheren Bankkonto deponiert habe, lief der Alois im Gesicht rot an. Dann wurde er blau, dann fiel er hin, dann setzte sein Herzschlag aus, dann starb er, ohne ein weiteres Wort gesagt und eine Lebensversicherung abgeschlossen zu haben. Niemand außer dem kleinen Pinz hörte, dass der Moser Alois diese zweihunderttausend Euro erwähnte, sie waren ja nur zu zweit bei dieser todbringenden Besprechung. Der Versicherer vermutete, dass dieser Geldbetrag die illegale Zusatzprämie, das Schmiergeld an den Alois war, mit dem ihm die Hintermänner oder Hinterfrauen der Firma „Tiberias" den Verkauf seines Grundstücks erleichtert und versüßt hatten. Beweis für seine Vermutung gab es natürlich keinen, vielleicht hatte ihn der Alois auch nur angelogen und es befand sich eine geringere Summe oder überhaupt kein Geld in dem Tresor. Weil der kleine Pinz die Ruhe des Toten respektieren und auch seine eigene lebendige Ruhe haben wollte, ging er der Sache nicht weiter nach.

In der Zwischenzeit haben auch noch andere Leute aus der Gegend ihren Grund an die Tschechen verkauft, die nun über eine stattliche Fläche an Liegenschaften verfügten. „Früher waren viele Gründe im Besitz von Familien", sagte die Breitfuß Lisi zur Affenzeller Moni. „Heute gehören sie anscheinend Liechtensteinischen Briefkastenfirmen." Und die Moni meinte lachend, dass sich eigentlich nicht viel geändert habe, denn die Gründe sind ja immer noch im Familienbesitz. Schließlich ist die Mafia eine große Familie. Das Wort „Mafia" sprach sie dabei sehr leise aus, fast unhörbar. Sie fügte noch hinzu: „Jetzt weiß ich endlich, woran mich diese neuerdings in der ganzen Gegend gebauten, schachtelförmigen Häuser erinnern: an Briefkästen."

Die Breitfuß Lisi, eine ehemals resolute und furchtlose Person, sitzt nun verschreckt in ihrem Haus, umzingelt von Mächten, die sie nicht kennt, die sie nicht versteht, von denen sie sich lautlos bedroht fühlt und die sie gern wieder aus ihrer Nachbarschaft entfernt haben würde. Doch die sind gekommen, um zu bleiben.

Über die Tauern

Neben den Hauptverkehrsrouten durch das Salzachtal, das Saalachtal und einigen kleineren Straßen ist der wohl spektakulärste Weg in den Pinzgau und aus ihm hinaus der Weg über die Hohen Tauern auf der Großglockner Hochalpenstraße. Sie wurde am 3. August 1935 nach fünfjähriger Bauzeit eröffnet, ist die höchstgelegene befestigte Passstraße Österreichs und führt bis auf eine Seehöhe von 2.500 Metern. Die Hohen Tauern sind im Pinzgau mit einem Fahrzeug neben der tiefer gelegenen Route durch den Felbertauerntunnel nur auf diesem Weg zu überqueren. Doch gibt es natürlich noch andere Wege über die Hohen Tauern, die man jedoch zu Fuß bewältigen muss.

Im Sommer 1947 wurde für viele osteuropäische Juden, die die Konzentrationslager der Nationalsozialisten überlebt hatten, der Weg über die Hohen Tauern das Tor zu einer neuen Heimat. Über Mitteleuropa verstreut, aus ihrer Heimat vertrieben, nirgendwo gewollt, als „Displaced Persons" gekennzeichnet, versuchten sie, durch die britischen und französischen Besatzungszonen in Österreich nach Italien und von Genua aus mit dem Schiff weiter nach Palästina zu gelangen. Die Briten behaupteten sich als Machthaber in Palästina, riegelten die Küsten durch Kriegsschiffe ab und wollten die Zuwanderung von Juden aus Europa verhindern, um ein Anwachsen der jüdischen Bevölkerung und somit die geforderte Gründung des Staates

Israel abzuwenden. Also verwehrten sie den Juden die Reise durch ihre Besatzungszonen in Osttirol und Kärnten. Die französische Besatzungsmacht in Tirol machte als Bündnispartner der Briten ebenfalls ihre Grenzen für Juden dicht. Am Brennerpass, bedeutender Weg über die Alpen, war kein Durchkommen. Er wurde von den Franzosen kontrolliert, die wiederum von den Briten kontrolliert wurden. Somit blieb als einziger Weg von Österreich nach Italien der Pass über den Krimmler Tauern, in einem etwas mehr als zehn Kilometer langen Gebirgsstreifen gelegen, wo das Land Salzburg, damals amerikanische Besatzungszone, an Italien grenzt. Marko Feingold, Überlebender der NS-Konzentrationslager, nach dem Krieg Angehöriger der geheimen jüdischen Flüchtlingsorganisation „Bricha" (das hebräische Wort für „Flucht") und später Präsident der israelitischen Kultusgemeinde in Salzburg, entdeckte diese Route und organisierte die Flucht von Juden aus dem von den Amerikanern eingerichteten Sammellager in Saalfelden durch das Krimmler Achental über den Krimmler Tauern in das Ahrntal nach Kasern in Südtirol, wo sie von Mitgliedern der Flüchtlingsorganisation abgeholt und weiter nach Genua gebracht wurden, um an Bord eines Schiffes nach Palästina zu gelangen. Ab zehn Uhr nachts beförderten Lastwagen die Menschen in Gruppen von Saalfelden nach Krimml. Die Pinzgauer Frächter konnten nur nachts über ihre Fahrzeuge verfügen, untertags mussten sie sie den amerikanischen Besatzungssoldaten zur Verfügung stellen. Die Amerikaner wussten von diesen Transporten, hatten aber die Weisung, weder zu helfen noch sie zu behindern. Von Krimml aus marschierten die Flüchtlinge zum Krimmler Tauernhaus, wo sie gegen sieben Uhr früh ankamen. Sie gingen nachts, ohne Beleuchtung, um nicht aufzufallen und womöglich an die Briten verraten zu werden. Liesl Geisler-Scharfetter, die Wirtin des Tauernhauses, kümmerte sich um die Flüchtlinge, gab ihnen zu essen und verschaffte ihnen Platz, damit sie sich ausruhen konnten, bevor um vier Uhr nachmittags ein zehnstündiger Fußmarsch begann, der über das Windbachtal auf den 2.634 Meter hohen Krimmler Tauernpass und schließlich hinunter nach Kasern führte. Der Marsch war sehr anstrengend, die Männer, Frauen und Kinder schlecht ausgerüstet und im Hochgebirge unerfahren. Natürlich erfuhren die Briten von den Vorfällen am Krimmler Tauern und schickten Posten hinauf an die Grenze, obwohl sie kein Recht hatten, diese Grenze zu kontrollieren. Viktor Knopf, Mitarbeiter der „Bricha", begleitete die Wanderungen über den Krimmler Tauern, es waren zwei bis drei in der Woche, mit bis zu zweihundert Flüchtlingen. Er berichtete von einem besonderen Ereignis: „Wir suchten achtzig junge Männer aus und gingen mit ihnen vom Tauernhaus hinauf an die Grenze. Die Engländer erwarteten uns oben und verweigerten uns den Übertritt. Dann stiegen wir wieder hinunter zum Tauernhaus. Als nach zwei Tagen die Engländer nicht mehr da waren, gingen wir mit zweihundertfünfzig Leuten über die Grenze."

Der Pinzgauer Bevölkerung entging natürlich nicht, dass sich hier Menschen in großer Anzahl von einem Ort zum anderen bewegten, doch als man erfuhr, dass diese Juden Österreich verlassen wollten, war man froh darüber, sie los zu sein und schwieg. Der Grenzübertritt wäre ohne die Mithilfe österreichischer und italienischer Grenzbeamter, Gendarmen und Carabinieri nicht möglich gewesen. Die Anweisung des österreichischen Innenministeriums, der dafür zuständigen Behörde, lautete auf die Frage, was denn die Gendarmen machen sollten, wenn so viele Flüchtlinge durch Krimml geschleust würden: „Sitzen bleiben und ja nicht zum Fenster raus schauen!“

So berichtete es Marko Feingold. Die „Bricha“ brachte zwischen 1945 und 1948 mehr als 200.000 osteuropäische Juden über Österreich nach Palästina, 5.000 davon über den Krimmler Tauern. Bald danach mussten die Briten ihr Mandat in Palästina aufgeben, am 14. Mai 1948 erfolgte die Proklamation des Staates Israel. Die „Bricha“ wurde aufgelöst, da nun alle Juden legal in ihre neue Heimat einreisen konnten.

Seit einigen Jahren wird im Juni eine Wanderung mit internationaler Beteiligung über den Krimmler Tauern, das „Alpine Peace Crossing“, im Gedenken an die jüdischen Flüchtlinge und an ihre Helfer, durchgeführt. Auch die vom Saalfeldener Hans Nerbl organisierte, ebenfalls alljährlich stattfindende, eindrucksvolle Krimmler Theaterwanderung „Flucht über die

Berge" spielt das Geschehen von damals in bewegenden Szenen an Originalschauplätzen nach – ein Appell an Frieden und Menschlichkeit.

Menschlichkeit ist ein großes Thema im Werk des österreichischen Autors Stefan Zweig. Er lebte von 1919 bis 1934 in der Stadt Salzburg. Zwischen 1923 und 1932 fuhr er mehrmals mit dem Zug nach Zell am See, wo er zuerst im Grand Hotel, später in der Bootshütte von Felix Blaickner in Thumersbach wohnte. In seinen Briefen gab er an, so gern im Sommer in diese Gegend zu kommen, weil er dadurch dem Tumult der Festspiele in der Stadt Salzburg, dem, wie er es nannte, „massenhaften Auftreten der Literatur in Rudeln", entfliehen konnte. „Eben aus Zell am See zurück, wohin ich für einen Tag geflüchtet war ...", schrieb er an einen Kollegen.

Damals war für Stefan Zweig die Welt noch in Ordnung, die Wörter „fliehen" und „flüchten" standen in einem unbeschwerten Zusammenhang. Einige Jahre später jedoch war alles anders. Stefan Zweig musste wegen seiner jüdischen Abstammung Österreich verlassen und setzte aus Verzweiflung über die Barbarei in Europa am 23. Februar 1942 in Brasilien seinem Leben ein Ende.

Tristkopf

Ich lernte Peter Ewaldt, Musiker, Dirigent und Kapellmeister am Salzburger Landestheater, im Frühling 2009 kennen. Er war für die musikalische Leitung meines Musicals „Die Golden Boys von der Baustelle" an den Kammerspielen des Landestheaters vorgesehen und verlangte selbstverständlich die Noten zu den von mir komponierten Liedern. Bisher habe ich nur Tonaufnahmen meiner Melodien gemacht und die Akkorde zur Gitarre notiert, da ich keine Ahnung davon hatte, wie man Musik in Form von Noten aufschreibt. Nun jedoch war ich erstmals in meinem Leben dazu aufgefordert, was ich mit Hilfe eines Computerprogramms lernte. Als ich schließlich mit einem unangenehmen Gefühl die Zettel mit den von mir geschriebenen Noten an Peter Ewaldt übergab, setzte er sich ans Klavier und spielte ein Lied aus dem Musical. Zu meiner Überraschung klang das genau so, wie ich es mir vorgestellt hatte. Ich fragte ihn: „Was spielst du denn da?" Er antwortete leicht irritiert: „Na, das was da geschrieben steht." „Das ist ja genau so, wie ich es mir gedacht habe", sagte ich erfreut. „Logisch", meinte er verwundert, „sonst hättest du das ja nicht so gemacht." Ich war sehr glücklich über diesen Erfolg und erzählte ihm, dass es sich hier um meinen ersten notentechnischen Versuch handelte. Das war der Beginn einer großen Freundschaft und das Zusammentreffen zweier Leidenschaften für das Wandern auf die Berge. Später gestand er mir, dass er bei unserer ersten

Begegnung verwundert über meinen teils unfreundlichen, teils spöttischen Gesichtsausdruck war. Als ich ihm sagte, dass ich aus dem Pinzgau stamme, war ihm, dem Kenner der innergebirglerischen Menschen, alles klar: „Der kann eben für sein Gschau nichts dafür."

Für Peter Ewaldt galt das ungeschriebene Gesetz, am Tag eines abendlichen künstlerischen Auftritts keine Bergtour zu unternehmen, weil sich die Anstrengung des Bergsteigens ungünstig auf die Konzentration auswirken könnte. Außerdem ist es immer möglich, dass bei einer Bergtour etwas dazwischenkommt. Ich nahm das nicht so genau und ging manchmal auf Berge, auch wenn ich am Abend einen Auftritt hatte. Denn dazwischenkommen kann immer was, unabhängig von den Bergen.

An einem Donnerstag im Oktober beabsichtigten wir, den Tristkopf im Hagengebirge zu besteigen. Das Hagengebirge steht mit dem Tennengebirge im Land Salzburg wie eine riesige steinerne Mauer als natürliche Grenze zwischen dem Innergebirg im Süden und dem Außergebirg im Norden. Peter Ewaldt war zwar skeptisch, da ich am Abend eine Vorstellung in Salzburg haben würde, sagte aber nur: „Du wirst schon wissen, was du tust." „Ja, eh", meinte ich, denn nach meinen Berechnungen musste sich das alles leicht ausgehen. Wir fuhren mit dem Auto über den Pass Lueg und bemerkten bald hinter dem Gasthaus Stegenwald ein großes, gelbes Schild mit der Aufschrift „Tristkopf", das uns ins weitläufige Gelände des Kieswerks in Sulzau führte. Dort wiesen uns weitere Schilder den Weg. Immer noch im Gelände des Kieswerks stellten wir das Auto ab und stiegen über den schmalen, steilen Weg zum Gipfel. Der Tristkopf, zwischen dem Bluntautal und dem Blühnbachtal gelegen, zeigte sich als schöner, abwechslungsreicher Berg, gar nicht so trist wie sein Name. Das Blühnbachtal gehörte einmal dem österreichischen Thronfolger Erzherzog Franz Ferdinand, einem begeisterten Jäger, der laut eigenen Aufzeichnungen im Lauf seines fünfzigjährigen Lebens 274.500 Stück Wild erlegte. Als er am 13. August 1913 im Blühnbachtal eine weiße Gams erblickte, ein seltenes Tier mit einem Pigmentmangel im Fell, warnten ihn seine Jäger davor, es abzuschießen. Der Legende nach bringe der Abschuss einer weißen Gams dem Schützen Unglück, denn er werde innerhalb eines Jahres sterben. Franz Ferdinand schoss das Tier dennoch ab und wurde zehn Monate später in Sarajewo erschossen. Diese Tat wurde zum Auslöser für den Ersten Weltkrieg. Die erlegte weiße Gams ist im Salzburger „Haus der Natur“ ausgestellt.

Ich rechnete damit, gegen fünf Uhr nachmittags wieder beim Auto zu sein, würde also noch genügend Zeit haben, um zu meinem Auftritt in Salzburg zu kommen. Wir stiegen in das Bluntautal hinunter, gingen weiter bis Golling und ließen uns von einem Taxi zurück nach Sulzau bringen. Kurz nach fünf waren wir dort, das Taxi fuhr weg. Da bemerkten wir, dass der Eingang zum Kieswerk mit einem eisernen Gittertor versperrt war. Unser Auto befand sich dahinter. Auf einer Tafel, die uns am Morgen nicht aufgefallen war, stand: Betriebszeiten Montag bis Freitag 7–12 Uhr, 12:30 - 17 Uhr. Wir suchten nach Mitarbeitern des Kieswerks, aber sie hatten pünktlich um fünf Uhr Schluss gemacht. „Da locken sie uns mit diesen großen, gelben Schildern in das Kieswerk, ohne sich zu überlegen, wie wir wieder heraus kommen", sagte ich leicht nervös. So standen wir ziemlich verloren am Fuß des Tristkopfs und dachten nach, was wir tun könnten. Dabei verging die Zeit. Peter Ewaldt sagte nichts. Mir war klar, was er dachte. Er schlug vor: „Wir könnten jemanden in Salzburg anrufen und bitten, uns abzuholen." „Dauert viel zu lang." „Taxi rufen?" „Das wird teuer." Da fiel mir der Hochleitner Hannes aus Sankt Veit ein, dessen Bruder Christian Berufsjäger und Forstverwalter im Blühnbachtal war. „Der hat sicher einen Schlüssel für das Tor." Ich rief Hannes am Handy an. Er teilte mir jedoch mit, dass sein Bruder gerade an der Hirschröhr-Europameisterschaft in Litauen teilnehme und uns folglich nicht helfen könne. Christian belegte bei einer der letzten Europameisterschaften im Hirschröhren, bei der derjenige gewinnt, der die Rufe von Hirschen am besten nachahmen kann, den dritten Platz. Hannes versprach mir, eine Lösung zu finden. Kurze Zeit später rief er an und gab mir die Nummer von Willi, dem Jäger des Nachbarreviers, die er telefonisch von Christian aus Litauen bekommen hatte. Ich rief an. „Was?", sagte Willi. „Eingsperrt seids? Ich bin eh grad in der Gegend." Fünf Minuten später fuhr er mit seinem Geländewagen vor, stieg aus, sperrte uns das Tor auf und grinste. „Da oben wär eh noch ein Weg aus dem Gelände gewesen. Und dort ist nicht abgsperrt", sagte er. „Und woher soll man das wissen?", fragte Peter Ewaldt. „So was weiß man einfach", antwortete Willi und verabschiedete sich von uns.

Ich war begeistert über die Vernetzung der Jäger des Innergebirgs und stolz auf meine waidmännischen Beziehungen, die sogar bis Litauen reichen und den Künstler rechtzeitig zu seinem Publikum bringen. Ich fasste damals in Peter Ewaldts Anwesenheit feierlich den Vorsatz, tagsüber nie wieder eine Bergtour zu unternehmen, wenn am Abend eine Vorstellung ansteht. Doch befürchte ich, dieser Vorsatz könnte im Lauf der Zeit im vielstimmigen Röhren der Hirsche des Innergebirgs verhallen.

Ziehharmonika

In der Küche des Hauses meiner Großmutter fanden immer wieder familiäre Treffen statt, bei denen der Kammerlander Lois auf seiner Ziehharmonika, dem Akkordeon, Musikstücke wie den „Schneewalzer“ oder die „Bergvagabunden“ zum Besten gab und dazu sang. Als Kind war ich fasziniert von diesem Musikinstrument, es war immerhin das erste Mal, dass ich jemanden erlebte, der so etwas spielte. Ich merkte mir diese Lieder, sang sie vor mich hin, wenn ich allein war, und begleitete mich dabei selbst auf einer Art Luftziehharmonika. Der Kammerlander Lois war mit der Schwägerin meiner Großmutter verheiratet, für uns alle die Tante Mariedl. Ich hatte immer den Eindruck, dass der Lois ein wenig traurig spielte. Meine Großmutter sagte mir, dass der Loisei, einziges Kind von Mariedl und Lois, als Soldat im Zweiten Weltkrieg gefallen war und seine Eltern niemals über diesen Verlust hinweggekommen sind. Von nun an musste ich immer an das in ihrer Wohnung hängende Schwarzweiß-Foto des jungen Loisei in Soldatenuniform denken, wenn ich dem Lois bei seinem Ziehharmonikaspiel zuhörte und war berührt von der Traurigkeit in seinem Spiel, auch wenn er nur heitere Lieder spielte.

Meine Mutter erzählte mir, dass ihr Bruder, mein Onkel Sepp, als Jugendlicher einmal eine Ziehharmonika zu Weihnachten bekommen hatte. Er wollte das Instrument vor allem deshalb lernen, um Leute zu unterhalten und Mädchen zu beeindrucken. Am Weihnachtsabend griff er ein paar Mal in die Tasten, ging mit dem Instrument zwischen Küche und Wohnzimmer hin und her, legte es danach weg und rührte es nie wieder an. Wahrscheinlich bemerkte er, dass er ein alter Mann sein würde, bis er damit jemanden beeindrucken könnte. Das Instrument selbst ist leider verschollen.

Ein anderer Ziehharmonikaspieler in meiner erweiterten Familie war der Gschaider Adi. Nach einigen Liedern hatten wir jedoch immer den Eindruck, sein Spiel sei etwas langweilig, er bemerkte das schwindende Interesse und hörte dann meistens damit auf. Als ich ihn Jahre später auf der Gitarre begleitete, erkannte ich den Grund für diese fortschreitende Langeweile, er spielte nämlich alle Lieder in einer einzigen Tonart, in A-Dur, von mir als Adi-Dur bezeichnet, was den Adi sehr freute und ihm eine besondere, persönliche Berechtigung für sein Spiel gab.

Onkel Adi war der Sohn der Gschaider Marianne, einer Tochter der zweiten Frau meines Urgroßvaters, des alten Loferer, der Landwirt und Gastwirt in Zell am See war. Adi wurde 1925 geboren, nicht in Zell am See, sondern in Braunau. Denn er war unehelich, die Marianne war mit seinem Vater, einem Kellner beim Loferer, der sein Glück noch vor Adis Geburt woanders suchte, nicht verheiratet. Um die Schande der Geburt eines unehelichen Kindes zu verheimlichen, fuhr die neunzehnjährige Marianne zu einer Freundin ihrer Mutter nach Braunau, um dort ihr Kind zur Welt zu bringen. Sie gab ihm den Namen Adolf, benannt nach dem Mann der Freundin ihrer Mutter. Wenn sie gewusst hätte, dass ein anderer Adolf aus Braunau später zu fragwürdiger Berühmtheit gelangen würde, hätte sie ihn sicher anders genannt.

Als Jugendlicher fand ich die Ziehharmonika unmodern, ich widmete mich der Gitarre. Dann lernte ich in Salzburg den Jo Neyer kennen, der nachts in der Bacchus Weinstube am Rudolfskai die Gäste mit seinem Akkordeon unterhielt, mit Volksliedern, Schlagern und Operettenmelodien. Durch ihn wurde ich sozusagen mit der hohen Operettenmusik vertraut gemacht, einer für mich bis dahin seltsamen Kunst für alte Leute. Der Grahammer Walter und ich, beide Studenten der Romanistik in Salzburg, zeigten dem Jo die Welt der französischen Chansons, die schließlich seine große Leidenschaft wurden. Der Grahammer Walter spielte selbst auch Ziehharmonika. Als wir einmal als Studenten gemeinsam im Burgund bei der Weinernte arbeiteten, spielten wir den Weinbauern österreichische Volkslieder vor, er auf der Ziehharmonika, ich auf der Gitarre, zu denen wir sangen und jodelten. Schnell wurden wir in der ganzen Gegend bekannt, denn die Weinbauern riefen ihre Bekannten herbei, damit sie sich unsere österreichischen Lieder anhörten. Viele dieser Bekannten waren nach dem Zweiten Weltkrieg in Tirol und Vorarlberg als

Besatzungssoldaten stationiert gewesen, erinnerten sich an ihre schöne Zeit in Österreich und hörten uns mit Tränen der Rührung zu.

Im Herbst 2005 präsentierte ich mit Jo Neyer und mit Reinhold Kletzander, meinem langjährigen Wegbegleiter an der Gitarre, unter dem Titel „Chanson musette" ein Programm mit französischen Chansons. Reinhold Kletzander gilt übrigens als Erfinder des „Kletzandos", einer musikalischen Technik, bei der mehrere Töne über mindestens eine Oktav hinweg schnell miteinander verbunden werden, wobei aber jeder einzelne Ton seinen eigenen Klang behält. Jo, der die Angewohnheit hatte, zehn Minuten vor Beginn eines Konzerts ein Wiener Schnitzel zu essen, fügte sich wunderbar in unser Trio, seine Meisterschaft am Akkordeon und sein hintergründiger musikalischer Witz waren einzigartig. Er war schon in Pension, arbeitete aber an mehreren Abenden in der Woche im Salzburger Nachtclub Pascha, wo er an der Bar das Publikum mit Wienerliedern in Stimmung versetzte. Bei unserem Auftritt im Kleinen Theater in Salzburg war auch Hermann Müller, der Betreiber des Pascha anwesend und begeistert von unseren Liedern. Der deutsche Bordell-König erlangte in Salzburg einen breiten Bekanntheitsgrad, als er im Sommer 2015 für einige Wochen im Pascha Eintritt, Getränke und Dienstleistungen der bei ihm arbeitenden Damen gratis anbot, um damit gegen die immer höheren Forderungen des Finanzamts zu protestieren. „Wenn ich keine Einnahmen habe, muss ich auch keine Steuern zahlen", sagte er, der sich als „Zuhälter des Finanzamts" bezeichnete. Die Arbeitsleistung der Damen bezahlte er aus eigener Tasche. Im Mai 2016 wurde er wegen Steuerhinterziehung zu einer Gefängnisstrafe verurteilt. Er ist heute Pensionist.

Nach einigen erfolgreichen Konzerten mit unserem Programm „Chanson musette" verschwand Jo plötzlich und war nicht mehr zu erreichen. Nach Monaten erzählte man mir, dass er eines Nachts an einem Straßenrand im benachbarten Bayern bewusstlos aufgefunden worden war. Die herbeigerufenen Einsatzkräfte brachten ihn ins Krankenhaus, wo er aus einem tagelangen Koma nicht mehr erwachte. Er hatte nichts bei sich, das seine Identität ausweisen konnte. Wie sich später herausstellte, bemerkte seine an Demenz leidende Lebensgefährtin nicht, dass er fehlte. Jo Neyer, der sein musikalisches Talent ein Leben lang an die Leute in den Bars und Nachtclubs verschenkte, starb einsam, lautlos und unbemerkt.

Irgendwann in den neunziger Jahren kaufte ich mir selbst ein gebrauchtes Akkordeon um zweitausend Schilling und begann darauf zu spielen, ohne Lehrer und ohne Ahnung von Musiknoten. Ich dachte mir: „Wenn ich das Gitarrespielen schon selbst erlernt habe, dann schaffe ich das auch mit der Ziehharmonika." So ging ich mit Leidenschaft ans Werk, ähnlich wie bei der Gitarre. Mit der Zeit gelangen mir einige Melodien und Akkorde ganz gut. Auch das System der Bässe durchschaute ich nach langem Probieren und Üben. Eines Tages kam eine Bekannte zu uns, eine professionelle Akkordeonistin. Ich war stolz, ihr vorzuspielen, was ich mir beigebracht hatte. Dann sagte sie: „Bist du Linkshänder?“ „Nein“, antwortete ich. „Dann hast du das Instrument ja verkehrt in den Händen.“ Sie drehte meine Ziehharmonika um und platzierte sie richtig, so wie es sich gehört. Daraufhin gelang es mir nie wieder, zufriedenstellende Töne aus diesem Instrument herauszubringen. Ich begriff, dass eine Richtigkeit nicht immer für alle die richtige sein muss, dass es oft nur darum geht, ob man leidenschaftlich für etwas lebt oder nicht. Eine so genannte Richtigkeit kann einiges blockieren und sogar ruinieren, leider auch die Leidenschaft.

Der Nobelpreisträger und ich

Als dem österreichischen Schriftsteller Peter Handke im Herbst 2019 der Nobelpreis für Literatur zugesprochen wurde, kam auch seine Haltung während des Jugoslawienkrieges in den neunziger Jahren zur Sprache. Er wurde von Journalisten erneut mit dem Vorwurf konfrontiert, den Kriegsverbrechen der Serben unkritisch gegenüberzustehen und Position für Slobodan Miloševic', den letzten jugoslawischen Staatspräsidenten, eingenommen zu haben. Miloševic' wurde später an das UN-Kriegsverbrechertribunal in Den Haag ausgeliefert.

Am Spätnachmittag des 29. März 1996 war ich bei einer Lesung im Großen Saal des Mozarteums in Salzburg, wo Peter Handke auf Einladung der Osterfestspiele sein soeben veröffentlichtes Buch „Eine winterliche Reise zu den Flüssen Donau, Save, Morawa und Drina oder Gerechtigkeit für Serbien" vorstellte, das seine Meinung zu Serbien und zum Krieg in Jugoslawien thematisiert. Zu Beginn der Lesung bat er, auf eine Auseinandersetzung mit ihm zu verzichten, was nicht ganz gelang, denn mehrmals wurde seine Haltung durch Zurufe aus dem Publikum kritisiert, obwohl sich im Publikum zum Großteil Besucher mit serbischer Abstammung befanden. Er merkte kurz an, dass seine Worte von Journalisten verdreht worden seien, dass er ein Opfer gesellschaftlicher Scheinheiligkeit sei. Ein paar Tage zuvor sagte er bei einer ähnlichen Veranstaltung zu einem Journalisten, der ihn fragte, ob ihn die von Serben verübten Massaker von Srebrenica nicht betroffen machen: „Stecken Sie sich Ihre Betroffenheit in den Arsch!“

Einige Besucher hatten Bücher von Peter Handke mitgebracht, um sie von ihm signieren zu lassen. So auch ich. Wir baten ihn im Anschluss an die Lesung darum. Nach einer ersten Ablehnung stimmte er doch zu. Wir suchten nun hinter der Bühne einen Raum, in dem er ungestört signieren konnte. Handke stieß eine Tür zu einer Künstlergarderobe auf, in der sich der Dirigent Claudio Abbado gerade auf sein Konzert am Abend vorbereitete. Als Abbado Handkes fanatischen Gesichtsausdruck sah, ergriff er sofort die Flucht und überließ uns seine Garderobe. Handke setzte sich an den Tisch, wo kurz zuvor noch Claudio Abbado eine Partitur durchgesehen hatte. Ich legte ihm eines nach dem anderen seiner Bücher hin, in die er bereitwillig seine Unterschrift setzte. Irgendwann fragte er mich: „Sind Sie Serbe?“ Als ich verneinte, meinte er, dass ich aber wie einer aussehen würde und fragte weiter: „Wenn Sie kein Serbe sind, was sind Sie dann?“ Ich antwortete: „Ich bin ein Pinzgauer.“ Handke blickte kurz auf, zuckte mit den Achseln und sagte nur: „Da kann man nichts machen.“ Dann signierte er weiter.

Im September 2003 reiste ich über Vermittlung des in Salzburg lebenden kolumbianischen Autors Luis Alfredo Duarte-Herrera in die Geburtsstadt von Ernesto

Che Guevara, nach Rosario in Argentinien, um dort an einem Dichtertreffen teilzunehmen und meine Gedichte auf Deutsch und auf Spanisch vorzutragen. Dabei lernte ich den serbischen Dichter Zlatko Krasni und seine Frau Slavica kennen. Zlatko hatte Probleme mit den Nieren, er musste sich alle zwei Tage einer Dialyse unterziehen. Während des Krieges in Jugoslawien war es für ihn schwer bis unmöglich, dafür alle zwei Tage in ein Krankenhaus zu kommen. Peter Handke unterstützte Zlatko Krasni beim Kauf eines Dialyse-Gerätes, mit dem dieser nun zu Hause die Nierenwaschung vornehmen konnte und somit den Krieg überlebte. Ich habe Zlatko und Slavica mehrmals besucht. Ihre Wohnung befindet sich im zwanzigsten Stock eines Wohnblocks in einem Vorort von Belgrad. Als ich dort beim Fenster hinausschaute und rechts hinten einen zerstörten Wohnblock sah, sagte Zlatko zu mir: „Wir haben durch das Fenster zuschauen können, wie beim Angriff der NATO-Bomber auf Belgrad im Frühling 1999 eine Rakete an unserem Haus vorbei in das angrenzende Haus krachte.“

Einmal traf ich Zlatko und Slavica in Montenegro, das gerade von Jugoslawien unabhängig geworden war. Als wir uns an einem Strand aufhielten und ich in der Nähe eine einsame Bucht sah, wollte ich mit einem Boot hinüberfahren, um dort zu baden. Zlatko sagte: „Dort würde ich nicht ins Wasser steigen, denn am Meeresgrund liegt noch eine amerikanische Rakete aus dem Krieg. Einige Piloten der NATO-Flugzeuge hatten Mitleid mit uns und warfen ihre Raketen ins Meer statt auf Belgrad. Sie rechtfertigten sich später damit, auf Grund eines technischen Gebrechens am Flugzeug die Raketen verloren zu haben." Würden alle Soldaten dieser Welt ihre Waffen wegwerfen, dachte ich, gäbe es keine Kriege mehr. Ein schöner Gedanke. Zlatko und ich schwiegen lange und blickten zu dieser Bucht hinüber.

Ich lud Zlatko zu einer Lesung ins Literaturhaus Salzburg ein, er mich im Herbst 2004 zu einem internationalen Dichtertreffen in Belgrad. Eines Nachts war ich dort mit der Autorin Ana aus Belgrad und mit dem Autor Michael aus Frankfurt in einer Bar, als wir mit einem Serben ins Gespräch kamen, der sich als Vuk vorstellte. Er lud uns zu sich in die Wohnung ein und erzählte von seiner abenteuerlichen Tätigkeit als Söldner. So war er unter anderem im Dienst des amerikanischen Geheimdienstes an Einsätzen gegen die Drogenmafia in Kolumbien beteiligt und Leibwächter des britischen Regierungschefs Tony Blair. Sein Einsatz vor seiner Pensionierung bestand darin, dem letzten jugoslawischen Staatspräsidenten Slobodan Milošević als Leibwächter zur Seite zu stehen. So war er auch dabei, als Milošević am 5. Oktober 2000 gewaltlos entmachtet wurde. Dieses Datum ritzte Vuk in den Helm, den er an diesem Tag trug. Plötzlich stand er auf und holte diesen Helm aus einem Nebenraum. Dann blickte er mich freundlich an und schenkte mir den Helm als Andenken an ihn und an seine Heimat.

Ich sollte ihn aufbewahren, meinte er, denn immerhin verkörpere das eingeritzte Datum das Ende des Staates Jugoslawien. Ich wollte das Geschenk nicht annehmen, aber Vuk bestand darauf. Einige Gläser Wein später wollte er mir auch noch ein automatisches Gewehr schenken, was ich aber dankend ablehnte. Früh am Morgen gingen wir nach Hause, Michael mit Ana, ich mit dem Helm. Am Abend fragte ich Zlatko, was ich mit dem Helm machen sollte. Zlatko sagte brüderlich: „Du allein hast diesen Helm als Symbol bekommen. In dir meinte Peter Handke, einen Serben zu erkennen. Das hat wohl etwas zu bedeuten."

Ich dachte lange nach, was das wohl bedeuten könnte und bin mir seither in meiner eindeutigen Pinzgauer Identität nicht mehr ganz sicher, denn vielleicht grenzt mein persönliches Innergebirg doch an den Balkan. Manche behaupten ja, der Balkan des Innergebirgs beginne im Lungau. Auf Grund umfangreicher Nachforschungen des Wieser Erwin, eines entfernten Verwandten, stammt die Familie meiner Mutter väterlicherseits von Lungauer Sauschneidern in Zederhaus ab.

Ich hatte den besagten Helm lange Zeit in meiner Wohnung in Salzburg liegen, sehr zur Freude der Dame aus Serbien, die dort gelegentlich für Sauberkeit sorgte. Seit kurzem habe ich den Helm in meinem Elternhaus in Zell am See endgelagert, neben den von Peter Handke signierten Büchern.

Der stille Duft

Joseph Mohr, der Dichter des weltberühmten Weihnachtsliedes „Stille Nacht!“, war in einigen Gemeinden des Landes Salzburg als Priester tätig und auch sonst viel unterwegs. Jede Gemeinde, in der sich Joseph Mohr auch nur kurz aufhielt, darf die Bezeichnung „Stille-Nacht-Gemeinde“ tragen. Mehr als ein Dutzend Gemeinden haben ein solches Prädikat von der Landesregierung offiziell erhalten. Das wertet die jeweilige Gemeinde historisch und kulturell auf und hat darüber hinaus positive Auswirkungen auf den Tourismus. Diese Überlegungen waren der Anlass für eine Rede des Gruber Lois, des Vorsitzenden vom Tourismusausschuss einer kleinen Gemeinde mitten im Innergebirg.

Liebe Mitglieder unseres Gemeinderats, lieber Herr Bürgermeister, liebe Freunde!

Wenn wir dem Tourismus die Tür nicht weit aufmachen, kann er nicht hereinkommen. Darum ist es mir eine Herzensangelegenheit, hier einen Schlüssel für das Schloss dieser Tür zu finden. Also haben wir nachforschen lassen und unseren ehrwürdigen Herrn Pfarrer auf die Pirsch geschickt. Einerseits ist er ja für das Geistliche in unserer Gemeinde zuständig, und die „Stille Nacht!“ fällt eindeutig in diesen Zuständigkeitsbereich. Andererseits hat er keine Frau daheim, also verfügt er über Zeit wie Heu, um entsprechende

Nachforschungen anstellen zu können. Ich weiß, wovon ich rede. Und er hat Unglaubliches zutage gefördert. Joseph Mohr schrieb während seiner Zeit als Hilfspfarrer in Mariapfarr im Lungau zwischen Oktober 1815 und August 1817 das berühmte Gedicht, das später als Textvorlage für das Lied dienen sollte. Im August 1817 reiste er von Mariapfarr im Lungau nach Oberndorf im heutigen Flachgau, um dort eine neue Dienststelle als Hilfspfarrer anzutreten. Dabei ist er unweigerlich auch durch unsere Gemeinde gekommen, die praktisch auf dem Weg liegt, wobei unser Gasthaus zur Post prädestiniert dafür war, einem Reisenden Rast und Übernachtungsmöglichkeit zu bieten. Also ist es nicht von der Hand zu weisen, dass Joseph Mohr in unserer Gemeinde wohl eine Nacht verbracht hat. Und da er von einer Dienststelle zur anderen unterwegs war und wohl oder übel sein gesamtes Hab und Gut bei sich führte, wird sich unweigerlich auch das Schriftstück mit dem Gedicht „Stille Nacht!" in seinem Gepäck befunden haben. Somit hat auch dieses Gedicht gemeinsam mit seinem Schöpfer bei uns genächtigt, wenn auch nur eine Nacht, sozusagen als Oanachtler. Unser ehrwürdiger Herr Pfarrer hat ferner herausgefunden, dass die begüterten Reisenden seinerzeit in Gästezimmern schliefen, die weniger begüterten auf einer Holzbank in der Gaststube. Und da ein Hilfspfarrer damals unweigerlich zu den weniger begüterten Menschen zählte, ist wohl klar, wo er nächtigte. Eine dieser Bänke hat die Wirrnisse der Zeit überdauert und steht heute hier. Jeder, der sich dieser

Bank nähert, wird mit Fug und Recht feststellen, dass von ihr eine besondere Atmosphäre ausgeht und ihr eine spezielle Aura innewohnt. Also können wir mit neunundneunzig Komma neun prozentiger Sicherheit annehmen, dass hier ein Zusammenhang zur Persönlichkeit eines besonderen Menschen besteht, zu einer Persönlichkeit vom Kaliber eines Joseph Mohr. Unser ehrwürdiger Herr Pfarrer hat ferner herausgefunden, dass auf der Speisekarte eines derartigen Wirtshauses damals Geselchtes mit Kraut für die begüterten Gäste und Krautsuppe mit Speckeinlage für die weniger begüterten stand. Das wird auch bei unserem Gasthaus zur Post so gewesen sein, was sich heute natürlich geändert hat, weil der gute alte Postwirt in der Zwischenzeit ein Chinarestaurant geworden ist. Wir mutmaßen also mit an Sicherheit grenzender Wahrscheinlichkeit, dass Joseph Mohr, bevor er sich niederlegte, um hier die Nacht zu verbringen, eine solche Krautsuppe mit Speckeinlage zu sich genommen hat. Und jeder, der Derartiges schon einmal gegessen hat, weiß, dass eine solche Speise Blähungen hervorruft, die einer notwendigen Luftabfuhr bedürfen. Ich selbst habe mich für einen Selbstversuch zur Verfügung gestellt und konnte das Ergebnis im engsten Kreis meiner Familie vorführen, was die Mitglieder meiner Familie jederzeit als Zeugen bestätigen werden. Für jeden, der eine derartige Speise zu sich nimmt und sich dann zur Nachtruhe niederlegt, ist es demnach erwiesenermaßen ein Ding der Unmöglichkeit, die Nacht zu verbringen, ohne irgendwann einmal die eine oder andere der sich unweigerlich bildenden Blähungen bewusst oder unbewusst freizusetzen, lautstark beziehungsweise in aller Stille. So muss es auch unserem lieben Joseph Mohr ergangen sein, der auf dieser Bank nächtigte und den Konsequenzen der eingenommenen Krautsuppe mit Speckeinlage ausgeliefert war. Überzeugen Sie sich selbst, nähern Sie sich dieser Bank, verweilen Sie auf ihr, lassen Sie sich von ihrer Aura einnehmen und Sie werden feststellen, dass von ihr ein stiller Duft ausgeht, eine Urkraft, die imstande ist, uns mit einem Anflug von Friedfertigkeit zu betören. Es ist weiterhin gut möglich, dass sich Joseph Mohr in jener Nacht mit seinem Mantel zudeckte, in dessen Tasche sich das Papier mit seinem später weltberühmt gewordenen Gedicht befand. Sollte es so gewesen sein, dann ist nicht auszudenken, was das für die Menschen in unserer Gemeinde und für die gesamte Menschheit überhaupt bedeutet. Deswegen reklamieren wir, also unser ehrwürdiger Herr Pfarrer und ich als meine bescheidene Person, mit aller Vehemenz im Sinne einer historischen, kulturellen und brauchtümlichen Aufwertung in Verbindung mit einem Hauch von touristischer Zukunft das Prädikat „Stille-Nacht-Gemeinde" auch für uns. Das wäre dann eine Türöffnung zu einer diesbezüglichen finanziellen Förderung durch die Landesregierung, frei nach dem bekannten Motto: Geld stinkt nicht.

Der Einsiedler

Das Breithorn ist ein markanter Berg in der Mitte des Steinernen Meeres, einem Kalkgebirge, das sich vom Pinzgauer Saalachtal im Westen bis zum Gebirgsstock des Hochkönigs im Osten erstreckt. Östlich des Breithorns zieht sich eine lange Felsrinne von unterhalb des Gipfels ins Tal, die allgemein als „Soachrinn" bekannt ist. Der Mandl Robert, Schitourenprofessor aus Lahntal bei Maishofen, erzählte mir vor kurzem, dass man daran denke, der „Soachrinn" einen schöneren Namen zu geben. Jemand hatte die Idee, sie nach der bekannten amerikanischen Schirennläuferin Mikaela Shiffrin zu benennen, wodurch die „Soachrinn" dann „Schiffrinn" heißen würde. Die Möglichkeit dieser Umbenennung wird seither diskutiert. Unter dem Gipfel des Breithorns befindet sich etwas westlich die Schneegrube, die auch im Sommer meist mit Schnee bedeckt und von Zell am See aus gut zu sehen ist. Meine Mutter sagt, dass der Zeller See dann die richtige Badetemperatur hat, wenn die Schneegrube so weit geschmolzen ist, dass sie aussieht wie die Landkarte von Österreich, was meistens Anfang Juli der Fall ist.

Unterhalb der Schneegrube liegt die Steinalm, und wenn man weiter nach Saalfelden hinabsteigt, kommt man auf ungefähr 1.000 Metern Seehöhe zur Einsiedelei am Palfen. Im Jahr 1664 erhielt Thomas Pichler aus Embach erstmals die Erlaubnis, sich dort als Einsiedler niederzulassen, wo er die kleine Höhle, in der das Bildnis des Heiligen Georg verehrt wird, zu einer Kapelle ausbaute. Seither finden sich immer wieder Männer, die am Palfen über Saalfelden als Einsiedler ihr Leben verbringen wollen, in einem kleinen, engen Gemäuer direkt am Felsen, ohne Strom und ohne fließendes Wasser.

Franz Wieneroiter, Bäckermeister und Gendarm in Saalfelden, der als Pensionist von 1993 bis 2000 Einsiedler auf dem Palfen war, schrieb eine bemerkenswerte Chronik über diese Klause und ihre Bewohner, so auch über Karl Kurz aus Göss in der Steiermark, der im Sommer 1967 Einsiedler auf dem Palfen wurde. Am 30. Dezember 1969 war er Gast in Robert Lembkes legendärer Fernsehshow, dem heiteren Beruferaten „Was bin ich?". Vier Prominente mussten jeweils den Beruf einer Person erraten, die auf ihre Fragen nur mit Ja oder Nein antworten durfte. Der Beruf des Einsiedlers konnte nicht erraten werden. Dadurch wurde Karl Kurz im deutschen Sprachraum bekannt, was im folgenden Sommer einen Gästeansturm auf seine Einsiedelei auslöste. Manche Leute in der Gegend sahen nun den Sinn eines Lebens als Einsiedler verdreht, der doch in Einsamkeit und im Einklang mit Gott seine Zeit verbringen und nicht mit der Bewirtung von Gästen Geschäfte machen sollte. Auch mögen ihm manche seinen Erfolg nicht gegönnt haben. Kurz selbst jedoch schien seine gewonnene Popularität zu genießen.

Am 27. September 1970 um sieben Uhr abends läutet Karl Kurz wie jeden Tag mit der Glocke das Ave Maria. Als er danach in seiner Klause betet, werden auf die Eingangstür acht Schüsse abgefeuert. Einige Projektile durchdringen das Holz der Tür und landen im Mauerwerk der Stube. Da es kein Telefon in der Einsiedelei gibt, schlägt Kurz mit Glockengeläut Alarm. Zwei Gendarmen steigen daraufhin auf den Palfen und treffen den Einsiedler verwirrt und verängstigt an. Auf dem Fensterbrett vor der Einsiedelei liegt ein handgeschriebener Zettel, auf dem steht: „nur eine Warnung, später zu spät". In den folgenden Tagen treffen bei der Gendarmerie, im Pfarramt und im Gemeindeamt Saalfelden Drohbriefe ein, die weitere Anschläge gegen den Einsiedler ankündigen. Kurz wird darin als Gauner und Trinkgeldräuber bezeichnet, der bei Besichtigungen Geld kassiert und auf Geldscheine nichts mehr herausgibt. Aus einem Schreiben wird ersichtlich, dass es sich dabei um den Racheakt eines Besuchers der Einsiedelei handeln könnte, der von Kurz beim Bezahlen der Besichtigungsgebühr um den Restbetrag auf zwanzig Schilling betrogen worden ist. Am 2. Oktober 1970 bekommt Kurz eine Postkarte, wo ihm ein „Bauchschuß und zwei Dum-Dum Geschoße in die Knie" angedroht werden. Die Ermittlungen der Gendarmerie verlaufen erfolglos. Karl Kurz allerdings, durch die Drohungen in Furcht und Unruhe versetzt, verstrickt sich bei Befragungen in Widersprüche und gerät schließlich in den Verdacht, das Schussattentat selbst inszeniert zu haben, um seiner durch die Fernsehshow „Was bin ich?" hervorgerufenen, aber nun schwindenden Popularität neuen Schwung zu geben.

Am 15. Oktober 1970 erscheint Karl Kurz unaufgefordert bei der Kriminalabteilung des Landesgendarmeriekommandos in Salzburg. Verzweifelt und verwirrt gibt er an, selbst die Tat ausgeführt zu haben und jetzt die ihn sehr belastende Angelegenheit durch ein Geständnis endlich beenden zu wollen. Dabei verstrickt er sich jedoch erneut in widersprüchliche Aussagen. Man nimmt die Sache zwar ernst, verfolgt sie aber nicht weiter. Karl Kurz verlässt Saalfelden und kehrt in die Steiermark zurück. Am 11. November 1970 wird er neben den Bahngeleisen in der Nähe von Raach am Semmering tot aufgefunden. Da er mehrere Abschiedsbriefe bei sich hat, geht man davon aus, dass er sich aus einem fahrenden Zug gestürzt hat.

Auch noch nach dem Tod von Karl Kurz treffen bei der Gendarmerie Saalfelden anonyme Briefe im Zusammenhang mit dem Attentat auf den Einsiedler ein. Im Zuge intensiver Erhebungen in einem anderen Kriminalfall kommt die Gendarmerie Saalfelden zufällig auf die Spur des aus Mittersill stammenden und in Maishofen wohnhaften Frührentners Hermann Keil. Dabei stellt sich heraus, dass sich Keil im Jahr 1967 als Einsiedler auf dem Palfen beworben hat, aber wegen seines kriminellen Vorlebens abgewiesen wurde. An seiner Stelle wählte man Karl Kurz. Es werden nun Schriftvergleiche vorgenommen und das Gutachten eines Experten angefordert, die eindeutig belegen, dass die seinerzeit an Kurz gerichteten anonymen Drohbriefe von Hermann Keil aus Maishofen stammen. Bei seiner Vernehmung am 31. Jänner 1977 gesteht er, die Briefe geschrieben und am 27. September 1970 mehrere Pistolenschüsse auf die Tür der Einsiedelei abgefeuert zu haben. Als Motiv seiner Tat gibt er Wut und Hass auf Karl Kurz an, der ihm damals als Einsiedler vorgezogen wurde. Außerdem sei er neidisch gewesen, weil er gute Geschäfte mit den Besuchern seiner Einsiedelei gemacht hat und sogar im Fernsehen auftreten durfte. Er selbst lebe schon lang als Einsiedler in Maishofen und sei verärgert darüber, dass seine eigene Einsiedelei unbemerkt blieb und im Gegensatz zu der von Karl Kurz nie offiziell und öffentlich anerkannt wurde. Denn er sehe sich als lebenslänglichen Einsiedler, der die Sache ernst nehme, Kurz hingegen sei in seinen Augen nur ein kurzfristiger, oberflächlicher, scheinheiliger.

Hermann Keil, von den Bewohnern seiner Umgebung als Sonderling bezeichnet, wurde verhaftet, verurteilt und eingesperrt. Die Haftstrafe verbüßte er auf eigenen Wunsch in Einzelhaft. Nach seiner Entlassung starb er im Jahr 1980 völlig vereinsamt in seiner Maishofener Wohnung, von wo aus er einen schönen Blick auf das Steinerne Meer hatte.

Respektive Perspektive

Die Vorwürfe von sexuellen Belästigungen in der weltweiten Film-, Theater- und Konzertbranche war einmal rein zufällig Gegenstand einer Diskussion am Stammtisch im Gasthof Eder in Maria Alm. Ebenso zufällig nahm gerade ein gern gesehener Urlaubsgast, Leiter eines Opern- und Theaterbetriebs im deutschsprachigen Raum, an diesem Gespräch teil. Im Gegensatz zu den Einheimischen schien er natürlich am besten über dieses Thema Bescheid zu wissen. Vom Fritzenwallner Fritz und vom Brandstätter Hubert wurde er mehrmals aufgefordert, sie genauer zu informieren und aufzuklären. Sozusagen aus erster Hand. Und als er nach einigen getrunkenen Bieren endlich das steigernde Bedürfnis empfand, sich umfassend zu äußern, hörten sie aufmerksam zu.

„Ich als Intendant eines renommierten Theaterbetriebs, und renommiert kann ich mit Fug und Recht behaupten, denn dafür spricht schon das Ausmaß der uns zukommenden Subventionen, sage euch mit gutem Wissen und Gewissen, dass bei uns dieses nicht vorkommt, dieses Dings, dieses sexuelle Belästigen mit diesen Übergriffen von diesen gewissen Schweindln. Also ein Belästigen oberhalb der Gürtellinie geht ja noch, aber unterhalb ist es eine Schweinerei, und jeder weiß, dass die Gürtellinie bei einer Frau am Hals beginnt und nach unten hin keine Grenzen kennt, ganz gleich, wie lang die Beine sind. In unserem respektive meinem Theaterbetrieb werden die Künstler und Künstlerinnen nach Talent eingestellt und nach Bedarf, sofern ein Bedarf ist, sofern also Bedürfnisse vorhanden sind, Bedürfnisse betrieblicher Art, die sich allein schon aus der Natur der Sache ergeben. Die Leute müssen schon sonst auch noch was drauf haben. Wobei natürlich gilt, dass eine gewisse Aufmachung, ein Erscheinungsbild, respektive ein gewisser Sexappeal, wie das in der Fachsprache heißt, kein Hindernis sein darf. Das ist alles nur eine Sache der Auslegung.

Denkt doch nur an die verschiedenen Rollen am Theater. Da hätten wir zum Beispiel die Lulu. Ein durchtriebenes geiles Schweindl ist das, von der Rolle her. Das hat der Dichter so geschrieben, da kann man machen, was man will. Natürlich kann das ein Regisseur anders sehen. Aber Regisseure, die ein geiles Schweindl anders sehen als das, was es ist, haben an meinem Haus nichts verloren. So eine Rolle muss eine schon derspielen, und da muss man schon genau hinschauen, wenn man sich so eine aussucht. Weil ein geiles Schweindl steht ja nicht jeder ins Gesicht geschrieben, da muss man schon tiefer schürfen. Da muss man prüfen, ob eine diese Rolle überhaupt derbläst. Oder so eine Mutter Courage, die Hauptperson in dem Theaterstück von diesem Brecht, die mit jedem ins Bett steigt. Wie soll man denn vorher wissen, ob eine Schauspielerin das überhaupt kann, wenn man es nicht probiert? Wir sind ein renommiertes Haus, und über so ein Haus kann man nicht jede so drüber lassen, da muss man auf Nummer sicher gehen, da muss gerade ich als oberste Instanz genau hinschauen, wer da unter mir spielt.

Oder nehmen wir nur die berühmte Traviata, also diese Kameliendame aus der Oper vom Giuseppe Verdi. Das ist ja eine Konkubine, respektive eine Lebedame, quasi eine aus dem Rotlichtmilieu. Da kommt ja die ganze Rolle aus dem Unterleib. Und die Stimme sowieso. Da liegt es in der Natur der Sache, dass man sich vorher schon ein Bild macht, ob die einen entsprechenden Unterleib hat. Ob da noch Luft nach oben ist. Das Ausloten einer gut sitzenden Technik des Unterleibs ist kein Honigschlecken. Rein vom Reden kann man das nicht feststellen, respektive auch nicht von einem Händedruck. Da handelt es sich um faktische Gegebenheiten, traditionelle Gebräuche, und die liegen auf der Hand. Weil sonst engagiert man eine für den Unterleib, und die Stimme kommt aus dem Hals. Was sagen dann die Abonnenten respektive die Abonnentinnen dazu? Die sagen, dass da was fehlt, dass man sich die Ziele zu hoch gesetzt hat, dass man sich diese ganze Abonniererei hätte sparen können. So Abonnenten respektive Abonnentinnen darf man nicht unterschätzen, die abonnieren sich schon seit Jahrzehnten in ein Theater hinein, sind quasi Spezialisten. Da muss man Vorkehrungen treffen. Sonst blasen die einem den Marsch. Besonders die Abonnenten und Abonnentinnen aus dem Innergebirg sind hier sehr wählerisch, denen kann man nichts vormachen. Da muss man sich grad als Intendant quasi opfern, für Gedeih und Verderb des Betriebs, quasi für das Gesamte, ohne diese Schweinereien, die vielleicht anderswo gang und gäbe sind, aber bei uns hinten angehalten werden. Wer weiß, vielleicht hat auch mich schon einmal jemand belästigt? Und ich habe es gar nicht bemerkt. Wenn man mit der Arbeit am Objekt derartig beschäftigt ist wie ich, dann fällt einem das nämlich gar nicht auf. Das ist alles eine Frage des Charakters. Denn nur so können respektable Ergebnisse erzielt werden, die von den Abonnenten respektive den Abonnentinnen goutiert werden können. Und wir gehen verantwortungsvoll damit um.

Der Jedermann, also dieser Komiker, der jeweils im Sommer auf dem Salzburger Domplatz dahinstirbt, bei gutem Wetter wohlgemerkt, also dieser Jedermann hat es gut erwischt. Der ist ein geschickter Teufel, ein Leben lang ein Schwein, der jedermandelt sich so durch und am Ende wird ihm vergeben. Aber nicht jeder kann ein Jedermann sein. Schon gar nicht so ein sexuell Übergriffiger, der wahllos vorne und hinten herum belästigt, wie es ihm gerade passt. Und darum ist es wichtig, dass so einer rechtzeitig und nachhaltig aus dem Verkehr gezogen wird, bevor ihm vielleicht noch einfällt, ein Jedermann zu werden. Weil dann ist es zu spät."

Nachdem er endlich fertig geredet hatte, waren alle sehr beeindruckt und schwiegen anerkennend. Man bestellte noch ein paar Biere. Der Brandstätter Hubert war der erste, der die Stille durchbrach, denn in diesem Zusammenhang fiel ihm die Rosl ein, ehemalige, legendär gewordene Fremdenführerin vom Schloss Moosham im Lungau. Als sie einmal Mutter eines Buben wurde, soll sie auf die Frage, wer denn der Vater ihres Kindes sei, geantwortet haben: „Ich dreh mich doch nicht jedes Mal um, wenn ich beim Stiegenputzen hinten was gspür."

Der Theaterintendant war entsetzt und meinte aufgebracht, dass das mit dem von ihm dargelegten Thema nichts, aber schon gar nichts zu tun habe. „Wie kann man nur die hohe Kunst aus der Perspektive eines niedrigen Reinigungsdienstes betrachten?" Dann zahlte er missmutig seine Biere und ging heim in sein Ferienhaus, wo er fortfuhr, sich von seiner anstrengenden Arbeit am Theater zu erholen.

Urlaubsglück

Die siebzehnjährige Heike Meineke aus Düsseldorf musste einmal mit ihren Eltern Urlaub auf einem Bauernhof in der Nähe von Sankt Martin bei Lofer machen. Sie wäre viel lieber nach Italien ans Meer gefahren, wo es jede Menge Diskotheken und Lokalitäten gab, in denen man junge Männer kennenlernen, beiläufige Urlaubsbekanntschaften schließen und einschlägige Erfahrungen machen konnte. Aber vor allem ihre Mutter bestand darauf, in diese beschauliche Gegend im Innergebirg zu reisen, von der ihr eine entfernte Verwandte in höchsten Tönen vorgeschwärmt hatte. „Das wird schlecht ausgehen", sagte Heike zu ihren Eltern und ging in ihr Zimmer, um sich auf einen Alptraum vorzubereiten. Meine Großmutter, die zu jeder passenden und unpassenden Gelegenheit eine Weisheit von sich gab, hätte in diesem Fall gesagt: „Es gibt nichts Schlechts, wo nicht auch was Guats is." Und so war es auch. Heikes Abneigung gegen diese Art von langweiligem Urlaub verflog rasch, denn sie verliebte sich in den Jungbauern Sepp, der einmal den Hof, in dem die deutsche Urlauberfamilie einquartiert war, von seinen Eltern übernehmen sollte. Da auch Sepp unsterblich in Heike verliebt war, nahm die Sache ihren Lauf. Die beiden trafen sich in den folgenden Jahren immer wieder, wenn gerade Zeit dafür war, er reiste zu ihr, sie reiste zu ihm. Dann heirateten sie. Heike zog in die Nähe von Sankt Martin bei Lofer und wurde eine begeisterte Bäuerin.

Einige in der Gegend meinten zwar, dass eine Deutsche als Bäuerin im Innergebirg sicher fehl am Platz sei, doch Sepp scherte sich schon vorher nicht um das Gerede der Leute, und jetzt schon gar nicht. Heikes Eltern fuhren seither auf Urlaub immer nach Italien ans Meer und besuchten ihre Tochter auf der Hin- und Rückreise. Da der Ort, an dem ihre Tochter nun lebte, genau eine Tagesreise von Düsseldorf und eine Tagesreise vom Urlaubsdomizil in Italien entfernt war, hatten die Besuche auch den Vorteil, ein kostenloses Quartier für die Unterbrechung der Reise zu bieten. Heikes Mutter sagte bei Antritt einer Urlaubsreise immer: „Schon gut, dass ich damals bei unserer Tochter diesen Urlaub auf dem Bauernhof durchgesetzt habe." Und ihr Ehemann war ein wenig stolz darauf, mit so einer weitblickenden Gattin gesegnet zu sein.

Dichter des Innergebirgs

Von den Dichtern des Innergebirgs kenne ich einen besonders gut. Er behauptet von sich, eher ein fauler Mensch zu sein. Deshalb arbeitet er schnell, um nach getaner Arbeit möglichst bald wieder faul sein zu können. Dennoch sagt er: „Ein Dichter ist ein Vollzeitarbeiter, er arbeitet, wenn ihm was einfällt. Wenn ihm aber nichts einfällt, arbeitet er auch, nämlich daran, dass ihm was einfällt." Viele Ideen für seine Geschichten fallen ihm beim Wandern ein, andere im Wirtshaus. Dort sitzt er gern und lang und freut sich, wenn um ihn Menschen sind. Denn dann weiß er, dass diese Menschen ebenso wie er jetzt gerade nicht zu Hause vor dem Fernseher sitzen, um sich Talkshows anzusehen, in denen wichtige Leute nichts zu sagen haben, langweilige Kriminalfilmserien oder Aufmärsche der Volkstümelei, die dazu beitragen, den Zuschauern das eigenständige Denken auszutreiben. Das gibt ihm stets ein wenig Hoffnung.

Als er eines Tages eher zufällig als mit Absicht in die Landeshauptstadt zu einer Lesung aus seinen Werken eingeladen wurde, nahm er gleich nach der Ankunft alle seine Wörter in die Hände und warf damit vor lauter Freude um sich. Da kam einer von jenen Leuten vorbei, die aus unerfindlichen Gründen das Recht gepachtet hatten, ihre Missgunst auf den Kulturseiten von Zeitungen wiederzugeben. Dem fielen die Wörter des Dichters ebenso lästig wie zufällig in die Hose und rutschten ihm, da er sie nicht halten konnte, durch bis in die Schuhe. Zu Hause angekommen, zog der die Schuhe aus und schüttete die durch langes Herumgehen breitgetretenen Wörter auf ein Papier, das am nächsten Tag als Teil einer Tageszeitung erschien.

Der Dichter las nun seine Wörter in der Zeitung und war enttäuscht. Er setzte sich hin, dachte nach und begann zu lachen, denn die Schicksale vieler Innergebirgler haben ihn gelehrt: Humor ist die letzte Zuflucht des denkenden Menschen.

Pfade der Lyrik

In unserer Reihe „Pfade der Lyrik“ beleuchten wir heute ein Gedicht des österreichischen Dichters Andreas Gabalier. Es trägt den Titel „Sweet Little Rehlein“.

Auf aner Lichtung im Woid
Steht a Rehlein und hoid
Die liabn Lauscher in die Höh

Schon die ersten Zeilen dieses Werkes umreißen ganz klar die Hauptfigur. Ein Tier, ein Reh, das seine Ohren in die Höhe hält. Angesichts der Tatsache, dass die Ohren eines Rehs verglichen mit anderen Tieren wie zum Beispiel Schafen oder Dackeln immer in die Höhe stehen, stellt sich die Frage, warum der Dichter das ausdrücklich betont. Soll das auf eine drohende Gefahr hinweisen oder implizieren die aufstehenden Ohren eine dem Tier innewohnende schlummernde Erotik, wie Jennifer Hunter von der Universität Michigan herausgefunden haben will? Demnach müsste dieser Text in der Brunftzeit des Rotwildes angesiedelt sein. Bruno Hundstorfer vom Renner-Institut in Wien hingegen sieht hier, im politischen Sinn, ein Rotwild den Verlockungen eines populistischen Verführers ausgeliefert. Betrachten wir die nächsten Zeilen:

Es wird Summer und boid
Is in der Nocht nimmer koit
Do is as zuwi liegn wieda schen

Da erst „Summer wird“, haben wir eindeutig Vorsommer. Die Brunftzeit des Rotwildes herrscht jedoch im Hochsommer, von Mitte Juli bis Mitte August. Es dürfte sich also um einen Wunsch nach Beischlaf außerhalb der Brunftzeit handeln, was in dem Begriff „zuwi liegn“ eindeutig zum Ausdruck kommt. Erotik also rund um die Uhr, obwohl es in der Nacht noch sehr kalt ist. Jennifer Hunter sieht das Reh sogar als latent nymphomanisches Wesen.

Auf aner oiden Wiesn,
Wo die Blumen sprießen
Hot sie gwortet Tog für Tog

Es handelt sich also um eine alte Wiese. Warum betont der Dichter, dass die Wiese alt ist? Gibt es auch junge Wiesen? Möglicherweise ist auch das Rehlein nicht mehr ganz jung? Dem Reh scheint diese Wiese gut bekannt zu sein. Vielleicht hat es schon öfter hier gewartet und ist dabei gemeinsam mit der Wiese alt geworden? Fragen über Fragen also. Sehen wir weiter.

Wie's der Teifl wü
Kumt a Rehbock ins Spü
Und er hot zu ihr gsogt

Das Warten des Rehleins wird belohnt, die Erlösung naht. Ein Rehbock nähert sich dem scheuen Tier, das sich nicht wegbewegt. Aber welche Rolle spielt der Teifl in diesen Zeilen? Für Bruno Hundstorfer vom

Renner-Institut in Wien ist es ganz klar der teuflische Populist, der gekommen ist, das arme Rotwild zu verführen. Und der Rehbock spricht sogar.

So a liabes Rehlein
Mit himmelblaue Augen
Hob i übahaupt no gor nie gsehn
Your sweet little thing,
In mir mochts dingelingeling

Jennifer Hunter sieht sich in ihrer These der schlummernden Erotik bestätigt. Denn hier liegt ein eindeutiges Einibraten des Wildbrets vor. Jedoch scheint der Bock verwirrt und krank zu sein, einerseits vermischt er zwei Sprachen, Englisch und Rehbockisch, andererseits sieht er himmelblaue Augen vor sich, wo doch jeder weiß, dass ein Reh braune Augen hat. Sind etwa Drogen im Spiel? Bruno Hundstorfer sieht einen ganz klaren politischen Zusammenhang zwischen den Farben braun und blau. Und das bei einem Rotwild! Deshalb verlangt er, sämtliches Rotwild sofort unter Artenschutz zu stellen, bevor es zu spät ist.

Nun aber kommen wir zum lyrischen Kern des Werkes, zur Zeile: „In mir mochts dingelingeling". Was will uns der Dichter damit sagen? Was geht vor in seinem Kopf? Wurde der Rehbock von einem Rivalen angeschossen und hat nun Schrotkugeln in seinem Körper, die so lange in ihm dingelingelingeln, bis er tot ist? Oder greift das Werk tiefer? Die Antwort folgt auf

dem Fuß. Denn die letzten Zeilen des Werkes lauten „Uh, la, la, la". Ist das eine Warnung oder ein Hilferuf? Denn „uh" bedeutet im Innergebirg, dass man auf der Hut sein soll. Und der Autor gibt endlich Einblick in seine Gedankenwelt:
Dort ist es la, la, la – leer, leer, leer.

Die angeführten Zitate entstammen dem Liedtext „Sweet Little Rehlein" von Andreas Gabalier, erschienen im Jahr 2011.

Auslandseinsatz

„Französischlehrer willst werden? Da muasst guat Französisch können, sonst bringt des nix." Um das zu wissen, brauchte ich die Meinung des Sepp, Wirt von der Zwettler Weinstube in Salzburg, nicht. „Das lernst natürlich am besten, wennst in Frankreich arbeitest", fügte er noch hinzu. Da hatte er recht, der Sepp. Über die Vermittlung des Grahammer Walter, der mit mir an der Universität Salzburg Französisch studierte und bereits Erfahrung mit Jobs in Frankreich hatte, bekam ich das Angebot, als Betreuer für Jugendliche zu arbeiten, in einem Ferienlager, was auf Französisch „colonie de vacances" heißt.

Nach einigen Jobs in solchen Colonies in den Alpen und auf Korsika kam ich Anfang August 1978 nach Carcassonne in den Corbières, dem hügeligen östlichen Vorland der französischen Pyrenäen, um dort meine Arbeit anzutreten. Die ungefähr fünfzehnjährigen Jugendlichen, um die ich mich in den nächsten drei Wochen kümmern sollte, kamen aus Saint-Denis, einem Vorort nördlich von Paris, wo sie von der staatlichen Fürsorge betreut und nun auf Ferien geschickt wurden. Sie hatten in ihrem jungen Leben schon einiges durchgemacht, Misshandlung, Missbrauch, Vernachlässigung, weshalb man sie von ihren Erziehungsberechtigten entfernte und der Fürsorge übergab. Einige von ihnen waren bereits mehrmals straffällig geworden. Hervé, einer der Jugendlichen, berichtete mir von seiner ersten Straftat: „Nachdem sie meiner Lehrerin das Fahrrad gestohlen haben, habe ich auch eins gestohlen und es meiner Lehrerin geschenkt. Ich habe ja nur ein Fahrrad sozusagen zurückgestohlen, als ausgleichende Gerechtigkeit. Die Polizei hat das aber anders gesehen."

Gemeinsam mit der Betreuerin Charlotte, einer Studentin aus Paris, machten wir immer wieder mehrtägige Wanderungen durch die Gegend. Unsere Gruppe bestand aus zwölf Jugendlichen, aus Mädchen und Burschen. Je mehr wir uns von den Dörfern und Städten entfernten und in der freien Natur lebten, desto glücklicher und zufriedener war die Stimmung in der Gruppe. Wir schliefen in Zelten und kochten selbst. Charlotte war die erste Feministin, die ich in meinem Leben kennenlernte. Ich musste genau aufpassen, was ich sagte, um keine Äußerungen von mir zu geben, die vielleicht Frauen diskriminieren könnten. Das war nicht leicht, da ich mich in einer Fremdsprache ausdrückte und die feinen sprachlichen Nuancen nicht immer richtig einschätzen konnte. Wenn ich Fehler machte, begründete ich das mit meinem sprachlichen Defizit, was Charlotte als Ausrede abtat. Als ich ihr einmal ein französisches Volkslied vorsang, bei dem sich Charlotte auf Karotte reimt, sprach sie ab sofort nur noch das Nötigste mit mir. Offensichtlich hatte sie nicht viel Humor. Sie wollte einmal die eingeführte Rollenverteilung in der Gruppe ändern und ordnete an, dass nicht mehr wie bisher die Burschen die Zelte aufbauten und die Mädchen das Essen zubereiteten, sondern umgekehrt. Das führte aber zu einem solchen Chaos, dass sie das wieder bleiben ließ. Niemand wollte schlecht essen und in einem fast zusammenfallenden Zelt schlafen.

Mitte August kamen wir auf einer unserer Wanderungen südlich von Carcassonne in das verträumt mittelalterlich aussehende Dorf Lagrasse, in einem Tal gelegen, mit alten Häusern, Kirchen und Brücken aus ockerfarbenen Steinen. Auf dem mitten im Ort befindlichen „camping municipal“, dem Gemeindecampingplatz, stellten wir unsere Zelte auf. Im Dorf war gerade ein mehrtägiges Weinfest im Gang, auf dem Dorfplatz hatte man eine Bühne errichtet, wo regionale Liedermacher und Musikgruppen auftraten, aber auch heftige Reden für die Forderung nach mehr Autonomie der französischen Regionen gehalten wurden. Regionalismus war damals ein brisantes Thema. Außerdem konnte jeder, der wollte, auf dieser Bühne etwas singen. Dafür bekam er von den Weinbauern eine Flasche Wein geschenkt. Die Jugendlichen bedrängten mich, ein Lied auf der Bühne zum Besten zu geben. Also sang ich einige Strophen des Volksliedes von der Pinzgauer Wallfahrt „Die Pinzgauer wollten kirifirschten gehn“ mit dem dazugehörigen einprägsamen Refrain. Ich bekam viel Applaus und eine Flasche Wein, die von den Jugendlichen bald ausgetrunken wurde. Angeführt von Hervé ermunterten sie mich, noch einige Male auf die Bühne zu gehen und immer wieder dieses Lied mit dem Refrain vom „Widiwadiwe“ und dem „Juhe“, das bald alle mitgrölten, zu singen, um unseren Weinbestand zu erneuern und zu erweitern. Ein zufällig anwesender älterer deutscher Tourist sagte einmal nach einem meiner Auftritte: „Das sind halt noch echte deutsche Lieder, die Sie da singen!“ Dann meinte er, dass die Deutschen und die Österreicher doch alle Germanen seien und somit zusammengehörten. Ich sagte ihm nur: „Ich bin Kelte.“ Daraufhin sagte er nichts mehr. Den Jugendlichen war es egal, was ich war und was ich sang, Hauptsache, wir bekamen Wein. Das Lied von der Pinzgauer Wallfahrt begleitete uns auch nachts bis zum Campingplatz und überzog das südfranzösische Lagrasse mit einem Hauch von Innergebirg, sehr zum Unmut der ruhebedürftigen Anrainer.

Am letzten Tag des Festes stellten die Weinbauern aus der Gegend rund um den Dorfplatz zwanzig bis dreißig Tische auf, an denen sie ihren Wein zur Verkostung gratis ausschenkten. Es war schon später Nachmittag, als ich bei einem Weinbauern seinen Wein kostete, dann von ihm zum nächsten geschickt wurde, wiederum zum nächsten und so weiter. Schließlich machte ich eine ganze Runde um den Dorfplatz, trank bei jedem Weinbauern ein Glas und lobte seinen Wein. Als ich wieder beim ersten angelangt war, übergab man mir eine Urkunde, die man bekam, wenn man es schaffte, die ganze Runde um den Dorfplatz zu machen und bei jedem Tisch Wein zu trinken. Auf Okzitanisch, der regionalen Sprache Südfrankreichs, war darauf zu lesen, dass ich hiermit in die berühmte Gemeinschaft der „Tastavins de Lagrassa“, der Weinverkoster von Lagrasse, aufgenommen wurde, nachdem ich tapfer mit ihnen getrunken hatte. Diese Urkunde war so etwas wie eine Wandernadel, die Touristen im Innergebirg bekamen, wenn sie es schafften, bei ihren Wanderungen auf den Bergen eine Anzahl von Hütten aufzusuchen und diese Besuche in einem eigens dafür vorgesehenen Hüttenpass abstempelten.

Hervé, der wie immer fast nichts getrunken hatte, bemerkte meinen schwer betrunkenen Zustand und stützte mich, da ich nicht mehr fähig war, gerade zu stehen und schon gar nicht zu gehen. Er begleitete mich nach Hause und legte mich fürsorglich in mein Zelt. Kurz darauf wurde mir dermaßen schlecht, dass ich aufstand und mich übergeben musste, mehrmals hinter dem Zelt, neben dem Zelt, überall. Es war furchtbar. Das hart erkämpfte Weindiplom forderte sein Opfer. Charlotte bekam von all dem nichts mit, sie war mit einem Pariser, den sie beim Weinfest kennengelernt hatte, in ihrem Zelt beschäftigt. Denn, so sagte sie immer: „Weiblichkeit muss man ausleben, besonders als Feministin!“ Am nächsten Tag übergab mir Hervé meine Urkunde, an die ich mich nicht mehr erinnerte. Er hatte sie sicher für mich verwahrt. Wir brachen die Zelte ab und wanderten weiter, ich einigermaßen gedämpft, die anderen fröhlich wie immer. Am Ende unseres gemeinsamen Aufenthalts in den Corbières bedankten sich die Jugendlichen und meinten, dass sie eine sehr schöne und besonders lustige Zeit mit mir verbracht hatten, Ferien, die sie nie vergessen würden. Mir kam vor, als hätten sie in den letzten Wochen ein für sie neues, naturverbundenes Lebensgefühl entdeckt. Wehmütig fuhren sie nach Paris in ihren Alltag zurück.

Dreißig Jahre später kam ich wieder nach Lagrasse. Der Campingplatz war in der Zwischenzeit auf ein Felsplateau außerhalb des Dorfes verlegt worden, von wo aus man einen schönen Blick über die ganze Gegend hat. An Stelle des ursprünglichen Campingplatzes standen nun Reihenhäuser. Ich stellte mein Zelt auf und blieb einige Tage. Ein älterer Gemeindearbeiter betreute das Gelände. Als ich mit ihm darüber sprach, dass sich der Campingplatz früher unten im Dorf befunden hatte, berichtete er von seinem Einsatz als junger Feuerwehrmann, der diesen Platz immer wieder von den Verschmutzungen durch die Gäste reinigen musste. Rund um das traditionelle Weinfest Mitte August war es jeweils schlimm, einmal ganz besonders. Ich sagte nichts. Außerdem, meinte er weiter, war die Lärmbelästigung den Dorfbewohnern nicht mehr zuzumuten, die sich einmal ganz besonders über das Abgrölen barbarisch klingender Lieder entrüsteten. Das muss vor ungefähr dreißig Jahren gewesen sein. Der Campingplatz wurde daraufhin nach außerhalb des Dorfes verlegt.

Das sogenannte „Weindiplom“ hängt seither gerahmt in meiner Wohnung und wird immer wieder bewundert. Wenn ich dann das darauf Geschriebene übersetze, meint man, dass es mich als erstklassigen Kenner französischer Weine, als eine Art Sommelier ausweist und ehrt. Dass es sich dabei um ein simples Kampftrinkerdiplom handelt, das ich mit Hilfe eines fürsorglichen Jugendlichen ins Innergebirg gerettet habe, sei nur hier am Rande erwähnt.

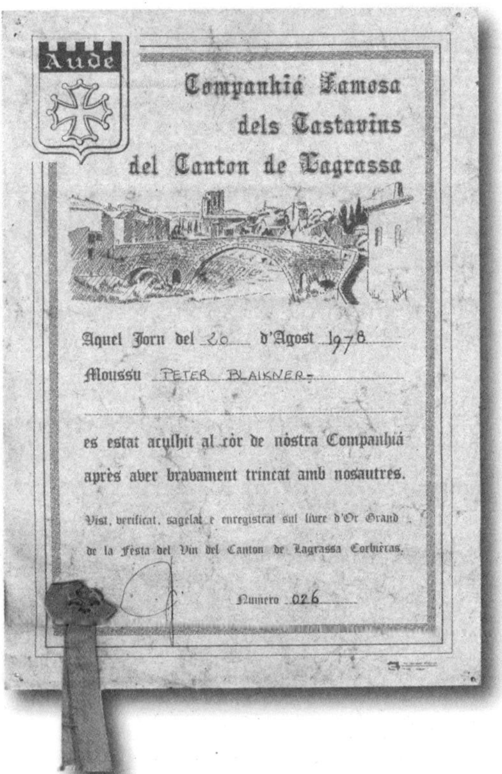
Aude

Companhia Famosa
dels Tastavins
del Canton de Lagrassa

Aquel Jorn del 20 d'Agost 1978

Moussu PETER BLAIKNER

es estat acullhit al cór de nòstra Companhiá
après aver bravament trincat amb nosautres.

Vist, verificat, sagelat e enregistrat sul libre d'Or Grand
de la Fèsta del Vin del Canton de Lagrassa Corbièras.

Numero 026

Profis unter sich

Der Neumayer Max aus dem Innergebirg studierte Betriebswirtschaft in Innsbruck, arbeitete danach bei größeren Firmen als Manager und schließlich bei internationalen Konzernen. Er gilt heute noch als Profi auf seinem Gebiet und verbrachte die meiste Zeit seines Lebens im Ausland. Nach seiner Pensionierung kehrte er ins Innergebirg zurück, wo er nun mit seiner Frau in seinem ehemaligen Elternhaus den Ruhestand genießt. Er spricht nicht viel über seine Arbeit im Bereich der globalen Wirtschaft. Man weiß nur, dass er zuletzt Assistent des Vorstandsvorsitzenden eines Rüstungs- und Nahrungsmittelkonzerns war, quasi also dessen rechte Hand.

Als der Burgschwendtner Robert, der den Neumayer Max schon seit der gemeinsamen Schulzeit kennt, kürzlich mit ihm zusammen saß und meinte, dass globale Wirtschaft sicher sehr schwer zu verstehen sei, sagte der Max beiläufig: „So schwer ist das auch wieder nicht." Der Burgschwendtner Robert wollte es daraufhin genau wissen, ließ nicht locker und bedrängte den Max mit einer Reihe von Fragen. Nach anfänglichem hartnäckigem Zögern sprudelte es aus dem Neumayer Max plötzlich nur so heraus.

„Ich erkläre dir jetzt ausnahmsweise einmal, wie das geht. Stell dir vor, wir haben einen Konzern, global breit aufgestellt. Er produziert einerseits Rüstungsgüter, andererseits Nahrungsmittel, abgesichert durch Beteiligungen an der Erdölförderung. Wenn nun der Weltlage entsprechend beispielsweise der Absatz der Kampfhubschrauber und Schützenpanzer aus eigener Produktion zurückgeht, ist der Konzern gezwungen, entsprechende Maßnahmen zu setzen. Er muss also Synergien schaffen, das heißt in diesem besonderen Fall, er braucht eine Krisenregion. Gleichzeitig sollte er versuchen, seine Erdölförderung zu maximieren. Die erste Frage, die sich stellt, ist die, wo in letzter Zeit größere Erdölvorkommen entdeckt wurden. Eine Antwort wäre Norwegen. Norwegen jedoch ist viel zu teuer und ein Land, dessen Regierung sich nur schwer kaufen lässt. Da nützt auch der Einsatz von Lobbyisten nicht viel, denn Norwegen ist nicht in der Europäischen Union. Als Krisenregion eignet sich Norwegen also ganz schlecht. Wo wurden noch Erdölvorkommen entdeckt? Afrika. Sudan. Ein sehr gutes Beispiel. Was wird der Konzern tun? Wiederum Synergien schaffen, das heißt, er braucht einen Bürgerkrieg. Man sucht also im Sudan, in dem Landstrich, wo die Erdölquellen schlummern, ein paar Rebellen, mutige Kämpfer für irgendeine Freiheit, die sie am besten selbst nicht verstehen. Der Konzern unterstützt diese Freiheitskämpfer großzügig mit militärischer Primärtechnologie aus eigener Produktion und deklariert sie als humanitäre Hilfe, damit alles nach ordentlichen Geschäften aussieht. Das nennt man dann Nullsummenspiel mit integrierter Wertschöpfung. Im Sudan eskaliert also der Konflikt, die Rebellen werden aktiv und vertreiben die Bevölkerung. Die Regierung des Sudan muss reagieren, wird vom Konzern mit lächerlichen Krediten ausgestattet, damit sie beim Konzern Waffen kaufen kann, um die Rebellen zu vertreiben. In diesem dann entvölkerten Landstrich, wo die Erdölquellen schlummern, will jetzt keiner mehr wohnen, also ist dieser Landstrich billig zu haben. Der Konzern erlässt der Regierung die Kredite, die er zuvor gewährt hat und bekommt dafür in dem besagten Landstrich Lizenzen, um Erdöl zu fördern. Die Erdölquellen hören also auf zu schlummern, weil sie nun sprudeln. Ja, und die vertriebene Bevölkerung tut dem Konzern natürlich leid. Deshalb liefert er an diese armen Menschen zu verbilligten Preisen die ohnehin abgelaufenen Überschüsse aus seiner Nahrungsmittelindustrie. Entwicklungshilfe quasi. Steuerlich abzuschreiben. Ohne Konkurrenz. Und wem gehört der Markt? Dem Konzern. So einfach ist das. Alles klar?"

Das war jetzt wirklich sehr einfach, dachte sich der Burgschwendtner Robert, wenn auch ganz schön brutal. Und er verstand endlich das, was er auf Grund von Zeitungsberichten und Fernsehnachrichten noch nie verstanden hatte. Da zeigt es sich wieder einmal, dachte er weiter, dass es doch gut sei, einen richtigen Profi zu kennen, noch dazu einen aus dem Innergebirg, dem man vertrauen kann.

Reichtum

Ich bin wohl einer der an Bargeld reichsten Menschen des Pinzgaus, wenn nicht des ganzen Innergebirgs überhaupt. Von einer Reise in das südafrikanische Zimbabwe, ein durch Korruption und Misswirtschaft ruiniertes Land, habe ich vor Jahren einen Geldschein mit nach Hause genommen, auf dem die unglaubliche Summe von einhundert Trillionen Dollar abgedruckt ist, eine Zahl mit vierzehn Nullen. Dieser Geldschein wurde offiziell im Jahr 2008 von der Zentralbank des Staates gedruckt und ausgegeben, man konnte sich jedoch wegen der galoppierenden Inflation höchstens ein Stück Brot dafür kaufen. Doch Geldschein ist Geldschein, denke ich mir. Und solange ich mir nichts damit kaufen will, ist er das wert, was auf ihm steht.

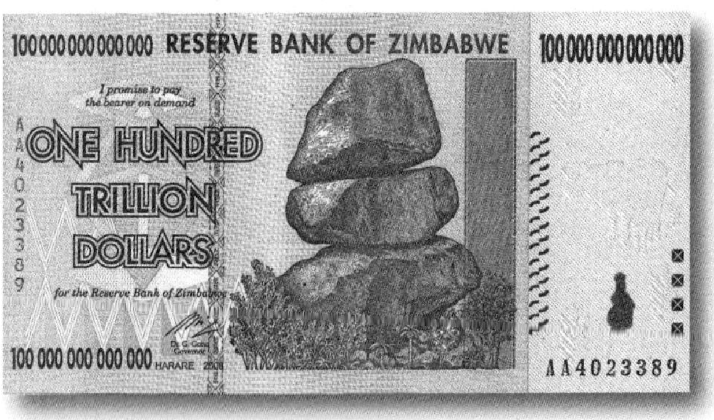

Sellamse Paradise

Als der Tourismusverband Zell am See-Kaprun vor Jahren in Saudi Arabien eine Werbekampagne startete, ahnte niemand, welche Auswirkungen das für die Pinzgauer Region haben würde. Die Werbefotos zeigten den Zeller See inmitten von bewaldeten Berghängen und schneebedeckten Gipfeln, sie zeigten Gebirgsbäche und Wasserfälle in einer blühenden Landschaft. Das erinnerte die Araber an Beschreibungen des Paradieses an verschiedenen Stellen im Koran: „Die Gläubigen treten ein in die Gärten Edens, die durcheilt sind von Wasserbächen, ewig darinnen zu verweilen. Sie erhalten in ihnen, was sie wollen. Das ist die große Glückseligkeit. So lohnt Allah den Gottesfürchtigen." (Sure 9, Vers 89 und Sure16, Vers 31) Seither verbringen viele Araber mit ihren Familien den Urlaub in der Gegend von Zell am See, das sie „Sellamse" nennen, um hier das beschriebene Paradies schon zu Lebzeiten kennenzulernen. Sie lieben den See, das Wasser, die Wälder, die üppig grüne Natur und auch den mitunter tagelangen Regen, der anderen Touristen eher missfällt. Denn im Koran, Sure 50, Vers 9 ist zu lesen: „Und vom Himmel senden wir Wasser hernieder, das voll des Segens ist."

Die Einheimischen waren anfangs nicht allzu begeistert von diesen auffällig gekleideten, immer zahlreicher werdenden Urlaubsgästen mit den seltsamen Sitten, die nicht in das Erscheinungsbild einer Alpenregion zu passen schienen. Sie nennen sie die „Verhuiden“, also die „Verhüllten“, weil die Frauen nach moslemischer Sitte mit langen, wallenden Gewändern und Kopftüchern bekleidet sind. Ihre Gesichter verstecken sie oft hinter Schleiern. Seit Oktober 2017 gilt in Österreich ein Anti-Gesichtsverhüllungsgesetz, wonach an öffentlichen Orten die Gesichtszüge nicht durch Kleidung oder Gegenstände verdeckt werden dürfen. Ausgenommen sind Vermummungen aus medizinischen Gründen und zu Zwecken des Brauchtums. Die meisten in Österreich urlaubenden arabischen Frauen halten sich an dieses neue Gesetz, manche sind sogar glücklich darüber, endlich den Schleier nicht tragen zu müssen, was ihren Aufenthalt in Sellamse noch schöner macht. Sie kaufen sich gern innergebirglerische Bekleidung wie Dirndlkleider und trachtige Tücher, die sie später zu Hause in ihren Wohnungen in Riad oder am Persischen Golf in Form einer Modeschau ihren Nachbarinnen und Freundinnen vorführen, die dann auch den Wunsch haben, nach Sellamse zu reisen, um dort Urlaub zu machen und ähnliche paradiesische Gewänder zu erwerben.

Die Einheimischen, die bisher noch nicht wussten, dass sie hier in einem Paradies lebten, haben sich langsam an diese Gäste gewöhnt, denn immerhin bringen sie viel Geld in die Region. Es sind ja hauptsächlich die durch die Förderung von Erdöl reich gewordenen Bewohner Saudi-Arabiens und Kuwaits sowie der Emirate am Persischen Golf, die sich so einen

Urlaub leisten können und sich ihren Aufenthalt im sogenannten Paradies einiges kosten lassen. Manche Gastronomen, die anfangs die massive Anwesenheit der arabischen Gäste bedenklich fanden und sogar von einem Ausverkauf der Heimat sprachen, machen heute beste Geschäfte mit ihnen. Die Gäste kommen am liebsten in den Sommermonaten, wo es bei ihnen zu Hause besonders heiß ist. Während der Zeit des Fastenmonats Ramadan kommen sie selten. Die Zahl der Gäste aus den arabischen Ländern ist in den letzten Jahren stark gestiegen, sie sind bereits die zweitstärkste Touristengruppe, auf Platz eins liegen die Deutschen, die sich zusehends von der Anwesenheit der Araber gestört fühlen, denn sie wollen ja Urlaub in den österreichischen Bergen machen und nicht in einem Wüstenstaat mit alpiner Kulisse. Ein deutscher Tourist, Herr Müller aus Düsseldorf, verstand beim Anblick der arabischen Gäste nicht gleich, was hier los war und meinte: „Habt ihr aber viele Asylanten!" Ich sagte zu ihm: „Ja, und die bekommen von uns ein schönes Hotelzimmer, ein großes Auto und sogar Taschengeld." „Dann müssen sich die ja wie im Paradies fühlen", antwortete Herr Müller. „Genau, Herr Mullah, äh, Müller", sagte ich im Scherz, was er nicht verstand.

Die bisweilen unüblichen Sitten und Verhaltensformen der arabischen Gäste führten mitunter zu Missverständnissen, zu Erstaunen und Kopfschütteln bei den Einheimischen. Die reichen Araber sind es anscheinend gewohnt, Menschen, die ihnen Dienstleistungen entgegenbringen, wie Angehörige einer minderen Klasse zu behandeln. Sie kennen im Umgang mit ihnen wenig Höflichkeit, die Wörter „bitte" oder „danke" scheinen ihnen nicht geläufig. In der Gastronomie klingen ihre Bestellungen nach Befehlen, sie sagen „Bring me!" und „Give me!" So wurde ich Zeuge, als ein Araber auf der Terrasse des Stadtcafés in Zell am See der Kellnerin Lisa pfiff, damit sie zu ihm komme und seine Bestellung aufnehme. Lisa stellte sich vor den am Tisch sitzenden Mann hin und sagte: „My name is Lisa, and I am not a dog." Dann forderte sie ihn auf, das Café zu verlassen. Der Mann war zunächst völlig verstört, von jemandem aus dem Personal gemaßregelt zu werden, noch dazu von einer Frau, entschuldigte sich aber dann bei Lisa und flehte sie sogar an, ihm nicht böse zu sein. Er durfte wieder Platz nehmen und kam von nun an jeden Tag hierher, um seinen Kaffee zu trinken, freundlich, zuvorkommend und bescheiden. Neben der schönen Natur nennen die Araber als weiteren Grund, warum sie so gern in den Pinzgau kommen, übrigens die Höflichkeit der Einheimischen, die hier viel ausgeprägter sein soll als zum Beispiel in Frankreich oder Deutschland.

Anfangs aßen sie ganz gern in ihren Hotelzimmern auf dem Boden, wie sie es von sich zu Hause gewöhnt waren. Die Böden, zumeist Teppichböden, mussten danach oft ausgewechselt werden. Die dabei angefallenen Kosten wurden von den Arabern stets anstandslos bezahlt. Es wird sogar erzählt, manche hätten im Hotelzimmer Fleisch gegrillt, doch das sind Einzelfälle, die sich in letzter Zeit nicht mehr ereignet haben. Besonders gern trafen sie sich zu einem Picknick am Nordufer des Zeller Sees, am Abend, wenn die nur mit Badeanzug bekleideten Badegäste schon weg waren und das Schamgefühl der arabischen Gäste nicht mehr stören konnten. Dort verrichteten sie dann auch ihr Abendgebet. Der Koran schreibt vor, sich vor dem Gebet Hände und Füße zu waschen. „Ihr Gläubigen! Wenn ihr euch zum Gebet aufstellt, dann wascht euch das Gesicht und die Hände bis zu den Ellenbogen, streicht euch über den Kopf und wascht euch die Füße bis zu den Knöcheln!" (Koran, Sure 5, Vers 6) Diese Waschungen wurden am Seeufer gern auf der Toilette des angrenzenden Haifisch-Stüberls vorgenommen, sehr zum Ärgernis des Wirts und der Putzfrau, da die Toiletten deswegen oft überschwemmt waren. Das angebrachte Schild „No Feetwashing" nützte nicht viel.

Die arabischen Gäste bescheren den Einheimischen nicht nur Arbeitsplätze im Tourismus, sondern auch im Bereich der handwerklichen Dienstleistung. Immer wieder hört man davon, dass in einem Appartement das Abflussrohr verstopft ist, weil ein arabischer Gast in der Badewanne ein von einem Bauern erworbenes Schaf geschlachtet hat, um es später am Seeufer zu grillen. Auch waschen Frauen ihre Kleider bisweilen im Geschirrspüler statt in der Waschmaschine, was natürlich auch zu Verstopfungen führt. Martin, ein Handwerker, erzählte mir einmal erstaunt, dass er zu einer Reparatur in ein Hotel gerufen wurde, nachdem ein Gast die Klomuschel aus der Verankerung gerissen hatte, um sie anders aufzustellen. Er konnte beim besten Willen den Sinn dieser Tat nicht verstehen. Ich hatte einen Verdacht und klärte ihn auf. In einem der Hadithe, Überlieferungen der Aussprüche und Handlungen des Propheten Mohammed, steht geschrieben, dass man sich bei der Verrichtung seiner Notdurft weder mit dem Gesicht noch mit dem Rücken zur Gebetsrichtung, also Richtung Mekka, stellen darf. Und die Position dieser Klomuschel war vom ahnungslosen Architekten des Hotels ohne moslemischen Hintergrund geplant worden, sodass der arabische Gast sie richtig positionierte, um gemäß seiner Religion die Notdurft korrekt verrichten zu können. Martin staunte ziemlich über meine Ausführungen und sagte: „Das mag ich an meinem Beruf. Man lernt immer wieder was Neues."

Einige Zimmervermieter haben arabische Gäste nicht gern, da sie sich oft nicht an die üblichen Gegebenheiten halten und die Zimmer in einem Zustand hinterlassen, in dem sie nicht gleich weitervermietet werden können. So auch meine Mutter, die im ehemaligen Haus meiner Großmutter einige einfache Appartements anbietet. Ich war zufällig dabei, als sie einen Telefonanruf von jemandem entgegennahm, der gern ein Appartement gemietet hätte. Nach einer Weile des Zuhörens fragte sie: „Kommen Sie aus dem arabischen Raum?“ Kurz darauf sagte sie: „Dann ist leider nichts frei.“

Die arabischen Gäste fliegen von zu Hause nach Wien, München oder Frankfurt, leihen sich dort große, hauptsächlich dunkle Autos mit getönten Scheiben aus und fahren damit in das Innergebirg auf Urlaub. Sie sind meistens schlechte Autofahrer und nicht gewohnt, auf kleinen, kurvigen Straßen, manchmal sogar noch bergauf oder bergab zu fahren. Zu Hause haben sie meist breite, stets geradeaus führende Straßen und viel Platz zum Parken ihrer Autos. Als ich zu meiner Mutter anlässlich ihres neunzigsten Geburtstages sagte: „Jetzt wirst du wohl aufhören, mit dem Auto zu fahren“, meinte sie nur: „So gut wie die Araber fahre ich immer noch.“

Ein Araber parkte sein Auto einmal vor dem Restaurant Kupferkessel und beanspruchte dabei zweieinhalb Parkplätze. Danach ging er mit seiner Frau in das Lokal. Edwin, der Wirt, fragte ihn, ob denn seine Frau draußen eingeparkt hätte. Der Araber war entsetzt, weil doch seiner Meinung nach Frauen keine Autos fahren dürfen. Natürlich war er es, der draußen eingeparkt hatte, meinte er stolz. Edwin sagte: „Ich sag ja nur. Weil bei uns parken eher die Frauen so ein. In Europa dürfen nämlich auch die Frauen mit dem Auto fahren. Weil wir haben hier Gleichberechtigung zwischen Mann und Frau.“ Der Araber sagte, dass in

Europa nur äußerlich Gleichberechtigung herrsche, bei den Moslems aber äußere und innere. Daraufhin nahm sich seine Frau das Tuch vom Kopf, ließ ihr volles, dunkles Haar auf die Schultern fallen und sagte: „Bitte sehr! Äußere Gleichberechtigung." Zunächst war ihr Mann entsetzt, dann lachte er. Es wurde noch ein heiterer Abend im Kupferkessel, während sich draußen die Autofahrer ärgerten, keinen Parkplatz vor dem Lokal zu finden. In der Zwischenzeit ist es in Saudi-Arabien auch den Frauen erlaubt, den Führerschein zu machen und Auto zu fahren. Früher haben manche arabische Frauen ihren Aufenthalt in Sellamse sogar dazu genutzt, um hier bei den Fahrschulen das Autofahren zu erlernen.

Im Mai 2014 veröffentlichte die „Austro-Arabische Handelskammer" mit Sitz in Wien eine Broschüre mit dem Titel „Where Cultures Meet". Dieser achtseitige Kulturführer auf Englisch und Arabisch war für arabische Touristen als Orientierungshilfe für ihr Verhalten im österreichischen Kulturraum gedacht. So wird ihnen zum Beispiel erklärt, dass es bei uns nicht üblich ist, den Müll auf der Straße zu entsorgen, sondern in dafür vorgesehenen Mülleimern. Man soll in den Hotelzimmern kein Essen kochen und nicht auf dem Boden essen, sondern an den Tischen. Beim Einkaufen wird nicht verhandelt, da es bei uns feste Preise gibt. Im Straßenverkehr ist auf Geschwindigkeitsbeschränkungen zu achten, Parken ist nur an dafür vorgesehenen Stellen erlaubt, die Kinder sind im

Auto in einem Kindersitz anzuschnallen. Den Frauen aus Saudi-Arabien, die ausschließlich lange schwarze Gewänder tragen, wird erklärt, dass bei uns „schwarz" die Farbe der Trauer ist. Man ermuntert sie, auch bunte Gewänder zu tragen, wie in Österreich üblich, und ihre Gesichter nicht hinter Schleiern zu verhüllen. Das alles wurde in der Absicht, das Zusammenleben mit der Bevölkerung zu verbessern, äußerst freundlich und höflich dargelegt, um so den arabischen Gästen die ihnen großteils unbekannten Bräuche im Innergebirg und in Europa vorzustellen.

Doch bald sorgte diese Broschüre international für großes Aufsehen, für Spott und heftige Kritik. Die britische Zeitung „Daily Mail" schrieb sogar von „Tourismus-Apartheid". Um Missverständnisse zu vermeiden, wurde die Broschüre daraufhin von den Verantwortlichen der Tourismusgesellschaft wieder zurückgezogen. Nun also liegt es weiterhin bei den Einheimischen selbst, im alltäglichen, persönlichen Umgang Vorurteile abzubauen und positive Schritte zur Völkerverständigung zu setzen. Die meisten Araber sind ja sehr freundlich, in den letzten zehn Jahren haben sie sogar schon vermehrt die in Europa üblichen Umgangsformen angenommen, was auf ihren fortschreitenden Kontakt mit der hiesigen Kultur, aber wohl auch auf den sanften Einfluss, den die Einheimischen auf sie ausüben, zurückzuführen ist. Eines ist ihnen aber besonders hoch anzurechnen: Öffentliche Alkoholexzesse wie vor allem bei den deutschen, schwedischen, holländischen und russischen Touristen gibt es bei den Arabern nicht.

Barbara Pillwein, Betreiberin der Pension Haus Eichkatzerl in Kaprun, sah am Vormittag des 8. August 2014 auf dem Parkplatz eines Hotels ein an einem Pflock angebundenes Schaf. Daneben redete ein Polizist auf einen arabischen Urlaubsgast ein, das Schaf doch von dort wegzubringen, da es den Radweg blockiere. Barbara Pillwein fragte, was hier los sei, worauf ihr der Polizist erklärte, dass der Araber das Schaf bei einem Bauern gekauft hatte, um es zu schächten und danach auf einer Wiese zu grillen. Im Islam und im Judentum ist das rituelle Schächten von Tieren Bestandteil der Speiseordnung. Dabei wird dem Tier mit einem Messer ein einziger Schnitt an der Unterseite des Halses zugefügt, wodurch es möglichst vollständig ausbluten soll. Barbara Pillwein ging weiter, kam jedoch kurze Zeit später mit dem Auto wieder dort vorbei. Nun stand das Schaf allein angebunden auf dem Parkplatz und sah sie mit großen Augen an. Da beschloss sie als große Tierliebhaberin, das Schaf zu retten und ihm das grausame Schicksal des Schächtens zu ersparen. Sie band es los, nahm es an sich und hob es in den Kofferraum ihres Autos. Bevor sie jedoch losfahren konnte, riss ein arabischer Urlauber die Beifahrertür auf, setzte sich zu ihr ins Auto und forderte sie heftig auf Englisch auf, das Schaf sofort herauszugeben. Barbara Pillwein sagte ihm ebenso heftig und ebenso auf Englisch, dass das Schächten von Tieren in unserem Kulturkreis nicht üblich und auch verboten sei und sie diese Straftat nicht zulassen würde. Nach längerer lautstarker Diskussion kam ein Hotelangestellter hinzu und forderte den Mann auf auszusteigen, was dieser auch tat. Barbara Pillwein gab Gas, fuhr nach Hause und trug das Schaf, dem sie den Namen „Dorli" gab, in ihre Wohnung. Kurz darauf standen zwei Polizisten vor ihrer Tür und verlangten vehement die sofortige Herausgabe des Tieres, sonst werde sie wegen Schafdiebstahls angezeigt. Barbara Pillwein bat die beiden ihr gut bekannten Polizisten eindringlich, von der Amtshandlung Abstand zu nehmen, was jedoch zu keinem Erfolg führte. Auch ihr Hinweis auf die beabsichtigte verbotene Schächtung des Tieres nützte nichts. Unter Tränen musste sie es den Polizeibeamten schließlich aushändigen. Beim Versuch, das Schaf in das Polizeiauto zu heben, gelang ihm ein Ausbruchsversuch. Begleitet von Barbaras Zurufen „Lauf, Dorli, lauf!" wurde es kurz darauf im Garten des Nachbarn von den Polizisten gestellt, dingfest gemacht, ins Polizeifahrzeug verfrachtet, unter strengster Bewachung abgeführt und den arabischen Urlaubsgästen als rechtmäßigen Besitzern unbeschadet übergeben. Diese jedoch nahmen, um weiteren Ärger zu vermeiden, Abstand von ihrem Vorhaben und gaben das Schaf dem Bauern, von dem sie es gekauft hatten, zurück. Gegen Ende des Sommers wurde es vom Bauern geschlachtet, selbstverständlich nach einheimischer Schlachtordnung.

Sehr geehrter Herr Bürgermeister!

Ich, ein ehrbarer Bürger von Saudi-Arabien, sehe mich veranlasst, Ihnen in großer Sorge zu schreiben. Im letzten Sommer bat mich mein Neffe, ihn nach Zell am See zu begleiten, wo er mit seiner ersten Frau seinen einwöchigen Hochzeitsurlaub verbrachte. Wir wohnten in einem angemessenen Hotel, in dem sich fast ausschließlich arabische Urlaubsgäste befanden, und fühlten uns dort sehr wohl. Die Gegend ist sehr schön, die Bevölkerung durchwegs freundlich, noch dazu gibt es schon Gastronomiebetriebe, die ganz auf das Wohl der arabischen Urlauber eingestellt sind. Dazu gratuliere ich Ihnen sehr herzlich. Jedoch, ganz ungetrübt war unser Aufenthalt nicht, weil ich erfahren musste, welchen in Ihrer Gemeinde herrschenden Sitten und Gebräuchen unsere arabischen Mitbürger hilflos ausgesetzt sind. So ist zum Beispiel der Anblick von nur dürftig bekleideten Frauen in bauchfreien, noch dazu über der Brust ausgeschnittenen Blusen, kurzen Röcken und knapp anliegenden Hosen einem arabischen Mann nicht zuzumuten. Ich würde mir wünschen, dass Sie hier dementsprechende Vorschriften erlassen. Verstehen Sie mich nicht falsch, aber auch unsere Frauen müssen sich das ansehen. Es ist nicht auszudenken, wohin es führen würde, wenn sie daraufhin auf den Gedanken kämen, unsere traditionellen Kleidungsvorschriften lockern zu wollen. Unsere Männer sind jetzt schon zunehmend mit derartigen Forderungen ihrer Frauen konfrontiert. Immer häufigere und mühsamere Diskussionen zwischen Mann und Frau sind diesbezüglich die Folge, wobei unseren armen Männern langsam die über Jahrhunderte fest verankerten und immer noch gültigen Argumente ausgehen.

Noch etwas liegt mir schwer am Herzen. Das so genannte Strandbad am See wird von Menschen bevölkert, die nur mit Badehose und Badeoberteil bekleidet sind. Nun, man muss ja so ein Strandbad nicht besuchen, doch ist dieser Badebereich leider auch von einer viel begangenen Promenade her einsichtig. Unsere Männer und Frauen sind hier Ansichten ausgesetzt, die ihnen die sündige Schamesröte ins Gesicht treiben. Wenn Sie hier wenigstens Sichtschutzwände errichten könnten, wäre ich Ihnen sehr verbunden.

Auch habe ich mit Entsetzen bemerkt, dass durch den Einfluss einheimischer Paare, die oft nicht einmal einander versprochen, geschweige denn miteinander verheiratet sind und ihre Zuneigung zueinander öffentlich zeigen, sich nun auch schon junge arabische Ehepaare an den Händen halten und lächelnd durch die Stadt spazieren. So einem Aufruf zu einer öffentlich zur Schau gestellten sexuellen Erregung und dem damit einhergehenden Verfall der guten Sitten muss Einhalt geboten werden. Ein knapper Erlass Ihrer achtungsgebietenden Persönlichkeit würde da vollauf genügen.

Die arabischen Gäste fahren gern mit Seilbahnen auf die wunderschönen Berge in Ihrer Gegend. Doch können manche den herrlichen Ausblick nur bedingt ge-

nießen, da auf den umliegenden Bergesgipfeln Kreuze stehen, die unsere religiöse Tradition bis ins Mark erschüttern, weil wir dadurch an die mittelalterlichen Kreuzzüge erinnert werden, die unseren Völkern unendliches Leid zugefügt haben. Wenn Sie erreichen könnten, dass an Stelle der gut sichtbaren Kreuze einfache Holzstämme als Symbole des Friedens und der Völkerverständigung aufgestellt würden, wäre ich Ihnen unendlich dankbar.
Ich hoffe, Sie verstehen meine Sorge nicht falsch, aber es geht um den Schutz unserer moslemischen Mitbürger, die hier bei Ihnen ungestört und sorgenfrei den Urlaub verbringen möchten und nichts kennenlernen wollen, was ihre überlieferte sittliche Festigkeit erschüttert. Die im Urlaubsdomizil gemachten Erfahrungen könnten womöglich zu gefährlichen Verwerfungen in unserer gefestigten arabisch-moslemischen Gesellschaft führen, deren Konsequenzen nicht absehbar wären.

Mit der großen Bitte um Verständnis verbleibe ich in vorzüglicher Hochachtung.

Dieser Brief ist von mir frei erfunden, die Idee dazu hatte ich schon vor einigen Jahren. Als ich im Sommer 2018 dem Bürgermeister von Zell am See erzählte, dass ich in einer meiner Geschichten so einen fiktiven Brief schreiben wolle, sagte er: „Da musst du nichts erfinden, so einen Brief hab ich eh schon bekommen."

Heute denke ich mir, dass sich der Rummel um Touristen aus dem arabischen Raum bald wieder von selbst beruhigen könnte, da die immer stärker werdende Forderung nach einem weltweiten Umstieg auf erneuerbare Energie, die zunehmend sinkende Nachfrage nach Erdöl und der damit einhergehende Preisverfall den Wohlstand der Gesellschaft in den arabischen Länder bedrohen würde. Das hätte natürlich auch eine Änderung des Reiseverhaltens der Araber zur Folge und könnte „Sellamse Paradise" eines Tages als eines der vielen Kapitel im großen, immer weiter geschriebenen Buch des Fremdenverkehrs im Innergebirg erscheinen lassen, als eine Art Anekdote, ähnlich meiner hier vorliegenden Geschichte.

Myanmar

Während meiner Reise durch das südostasiatische Myanmar im Frühling 2015 kam ich auch nach Mandalay, der letzten Hauptstadt des birmanischen Königreichs, das 1885 nach der Invasion britischer Truppen zerfiel. An einem Abend besuchte ich dort die Show der Moustache Brothers, die den Namen von ihren auffälligen Schnurrbärten, auf Englisch „moustache", haben. Ihre Liveshow war neben folkloristischen Einlagen vor allem bekannt für Kabarettnummern voll scharfer Kritik an dem seit 1962 regierenden Militärregime in Myanmar, das bis 1989 Birma beziehungsweise Burma hieß. Das Trio bestand aus den Brüdern Par Par Lay und Lu Maw sowie aus ihrem Cousin Lu Zaw. 1996 wurden Par Par Lay und Lu Zaw bei einer Protestveranstaltung im Haus der Regimekritikerin Aung San Suu Kyi in Rangun wegen regierungsfeindlicher Äußerungen zu sechs Jahren Gefängnis verurteilt. Nach der Freilassung setzte das Trio seine Aufführungen fort, musste sich seither jedoch, um einer erneuten Festnahme zu entgehen, ausschließlich auf Vorstellungen in englischer Sprache vor ausländischen Besuchern beschränken. Einheimischen war es nicht mehr erlaubt, die Vorstellungen zu besuchen. Par Par Lay, der eigentliche Kopf der Truppe, starb 2013. Seither gestaltete Lu Maw die Shows der Moustache Brothers. Der Veranstaltungsort befand sich in einer Garage in der neununddreißigsten Straße in Mandalay, es gab fünfzehn Sitzplätze auf Plastikstühlen.

Ich fuhr mit einem gemieteten Fahrrad dorthin und zählte die einzelnen Straßen, bis ich in der neununddreißigsten ankam. Lu Maw begrüßte mich sehr freundlich, erzählte mir abenteuerliche Geschichten aus seinem Leben als Kabarettist in einer Diktatur, verkaufte mir eine Eintrittskarte und wies mir einen Platz in der ersten Reihe zu. Er sagte noch, dass während der Vorstellung manchmal das Licht ausgehen könnte, denn die Gemeinde schalte in diesem Stadtviertel immer wieder den Strom ab, um die Vorstellung zu stören und somit die Kritik an der Regierung zu verhindern. Dann muss man nur geduldig warten, bis der Strom wieder kommt und die Show fortgesetzt werden kann. Wir waren acht Zuschauer, die Darbietung begann um halb neun. Zwischen traditionellen und folkloristischen Nummern kam immer wieder massive Kritik an der Regierung und an den politischen Zuständen im Land durch. Ein Witz blieb mir besonders in Erinnerung: „Warum muss ein Bewohner von Myanmar in Thailand zum Zahnarzt gehen? Weil er in Myanmar den Mund nicht aufmachen darf." Mehrmals wandte sich Lu Maw ans Publikum, einmal mit einer eindringlichen Bitte: „Liebe Touristen! Kommt in unser schönes Land, aber bitte klaut nichts! Denn durch Diebstahl würdet ihr in Konkurrenz zu unserer Regierung treten. Und das mag sie nicht." Plötzlich ging das Licht aus, der Strom war weg. Da ich mit dem Fahrrad gekommen war, hatte ich eine Stirnlampe bei mir, ein besonders stark leuchtendes Gerät aus meiner innergebirglerischen

Heimat, das mich auf allen meinen Reisen begleitet. Ich band mir die Lampe um den Kopf und schaltete sie ein. Somit konnte ich von der ersten Reihe aus die Bühne als Scheinwerfer beleuchten. Die Darsteller waren erfreut, so schnell wieder Licht zu haben und spielten weiter, als wäre nichts passiert. Das Licht kam zwar wieder, ging aber noch einmal während der Vorstellung aus. Dann kam ich mit meiner Stirnlampe neuerlich zum Einsatz.

Nach der Vorstellung wurde ich als Held gefeiert, der einen reibungslosen Ablauf ermöglicht hatte. Lu Maw lächelte mir immer wieder dankbar zu. Ich fühlte mich sehr verbunden mit ihm und dachte daran, wie leicht es doch wir Kabarettisten in Österreich haben. Wir können jederzeit im Licht stehen, auch in finsteren Zeiten, obwohl dadurch die Zeiten nicht unbedingt heller werden. Ich habe Lu Maw meine Stirnlampe geschenkt und radelte ohne Licht nach Hause.

Ich reiste weiter nach Hsipaw, in die Hauptstadt eines der dreißig Shan-Staaten, ehemalige teilautonome Gebiete in Birma, ein zum Großteil von Bergen umgebenes Hochland, das in der südostasiatischen Geographie durchaus als Innergebirg bezeichnet werden kann. Dort machte ich mit einer kleinen Gruppe eine mehrtägige Wanderung durch die Landschaft dieses Staates, der ungefähr doppelt so groß ist wie das Bundesland Salzburg. Win, unser Guide und Angehöriger der Shan, erklärte uns, dass es hierzulande

Brauch sei, bei Verrichtung der Notdurft in der Natur sich vorher bei den dort lebenden Naturgeistern, den „Nats“, dafür zu entschuldigen. Ein schöner Brauch. Seither mache ich das auch auf meinen Wanderungen bei uns, denn ich bin sicher, auch hier gibt es Naturgeister. Wir übernachteten in Dörfern bei Bauern, die seltsamerweise gerade mich immer genau musterten, freundlich beobachteten und über mich zu reden schienen. In vielen Häusern hing ein Schwarz-Weiß-Foto von Sao Kya Seng, dem letzten Prinzen dieses Shan-Staates vor der Zeit des Militärregimes, der von den Bewohnern heute noch sehr verehrt wird. Win gab mir zu verstehen, dass ich diesem Prinzen ähnlich sehe, was nun auch das besondere Interesse an mir erklärte. Ich musste mich mehrmals neben das Foto stellen, um die Ähnlichkeit offensichtlich zu machen. Ich selbst fand mich diesem Mann auf dem Bild nicht sehr ähnlich, vielleicht, weil er um einiges jünger war als ich. Aber die Bewohner wollten es so und freuten sich über den Zufall und diese Art von Reise in eine vergangene, verklärte Zeit. Als ich ihnen sagte, dass ich aus Österreich komme, waren sie völlig aufgeregt, denn auch die Ehefrau von Sao Kya Seng, Inge Eberhard, stammte aus Österreich, aus Bad Sankt Leonhard im Lavanttal. Er hatte sie in Denver, Colorado, kennengelernt, wo beide die Universität besuchten, sie als Gaststudentin mit einem Fullbright-Stipendium, er als Student des Bergbauwesens. Sie heirateten 1953, Inge zog mit ihrem Mann nach Birma und wunderte sich über die großen Feierlichkeiten, als sie im

Hafen von Rangun einliefen. Er erklärte ihr nun, dass diese Feierlichkeiten ihm galten. Er hatte ihr nämlich bisher nicht gesagt, dass er nicht nur ein einfacher Bergbauingenieur, sondern auch Prinz eines Shan-Fürstentums sei, Sohn des Königs und künftiges Staatsoberhaupt. Sao Kya Seng wurde ein gerechter, umsichtiger, sozial engagierter Regent, er und seine Frau waren bei der Bevölkerung überaus beliebt. Als 1962 das Militär die Macht in Birma übernahm, wurde Sao Kya Seng verhaftet. Man hat nichts mehr von ihm gehört. Seine Frau Inge konnte mit den beiden gemeinsamen Töchtern über Österreich in die USA fliehen.

Unter dem Kastanienbaum

Im Hof unseres früheren Gymnasiums, dem heutigen Bundesamt für Eich- und Vermessungswesen, steht ein Kastanienbaum, unter dessen Ästen wir damals als Schüler in der warmen Jahreszeit in den Pausen zwischen den Schulstunden saßen, um unsere Jause zu essen. Am Abend des 12. Juni 1966 ging über Zell am See ein heftiges Gewitter nieder und löste durch Hagelschlag einen derartigen Wolkenbruch aus, dass der Schmittenbach über seine Ufer trat und mit Geröll, Baumstämmen und Wurzelstöcken das Schmittental und die Stadt überschwemmte und vermurte. Brücken und Stege wurden weggerissen oder verklaust, die Geröllmassen zerstörten Straßen, Autos und sogar ganze Gebäude. Viele Häuser wurden bis zur Höhe der Fenster zugeschüttet, die Keller waren voll mit Schlamm und Schutt. Auch unser Gymnasium war von diesem Unwetter betroffen. Doch anstatt schulfrei zu haben, mussten wir mithelfen, den Keller der Schule vom Schlamm zu befreien. Die Arbeitspausen, die wir im Schatten des Kastanienbaums im Schulhof verbringen durften, sind mir noch in Erinnerung.

Ebenso in Erinnerung ist mir ein Wintermorgen im Jahr 1968. Ich ging die Straße zur Schule hinab, als unser Mathematiklehrer Anton Pleyer gerade sein Auto direkt vor der Schule parkte. Er sah mich, den Schüler der vierten Klasse, und deutete mir, zu ihm zu kommen. Dann holte er aus dem Kofferraum seines Autos unsere Schularbeitenhefte und beauftragte mich, sie in unsere Klasse zu tragen. Mit dem Stapel der Hefte auf den Armen rutschte ich auf der abschüssigen, eisglatten Straße aus, sodass die Hefte zu Boden fielen und über die Straße verstreut wurden. Auf ihren glatten Klarsichtumschlägen rutschten sie weit herum. Ein gerade vorbeikommendes Auto bremste ruckartig ab. Pleyer schimpfte fürchterlich und gab mir die Namen aller möglichen exotischen Tiere, die seiner Meinung nach als ungeschickt galten: Kamel, Nashorn, Gorilla. Dann schrie er mich an: „Und jetzt stellst du dich unter den Baum dort und schaust drein wie ein Rhinozeros!“ Mürrisch sammelte er die Hefte auf und ging damit in das Schulgebäude, während das Auto, das vorher abgebremst hatte, endlich weiterfahren konnte. Ich begab mich zum Kastanienbaum im Hof der Schule, um Pleyers Anordnungen zu befolgen, was mir nicht schwer fiel. Da ich im Naturgeschichte-Unterricht schon von verschiedenen Arten der Rhinozerosse gehört hatte, entschied ich mich, ein Breitmaulnashorn darzustellen. Ich zog meinen Mund in die Breite, riss die Augen weit auf, legte meine Fäuste übereinander und platzierte sie auf der Stirn als eine Art mächtiges gebogenes Horn. So sah mich unser Herr Direktor, als er sich der Schule näherte. „Was tust du da?“, fragte er mich. Ich antwortete, dass ich die Anweisung von Herrn Professor Pleyer befolge, mich unter den Baum zu stellen und wie ein Rhinozeros dreinzuschauen. Zunächst lächelte er mitleidig, doch als ich mit meiner tierischen Gestik und Mimik nicht aufhörte und trotzig beteuerte, gemäß der Anordnung eines Lehrers hier zu stehen, sagte er energisch: „Aufhören und mitkommen!“ Wir gingen ins Schulgebäude, der Direktor bestellte Herrn Professor Pleyer zu sich und fragte ihn in meiner Anwesenheit, was denn dieser Unsinn mit dem Rhinozeros sollte. Pleyer meinte erbost: „Ich hab das im übertragenen Sinne gemeint, damit sich der Schüler seiner unendlichen Ungeschicklichkeit bewusst werde.“ Dann sah er mich wütend an und sagte: „Dass der unverschämte Lausbub das dann wörtlich nimmt, schaut ihm ähnlich.“ Mir schien, dass mir unser Direktor von nun an immer väterlich zulächelte, wenn er mir begegnete. Vielleicht aber lachte er innerlich, weil ihm so etwas Blödes wie meine getreue und beharrliche Auslegung einer idiotischen Anordnung bisher noch nicht untergekommen war.

Damals wusste ich noch nicht, dass ich mich mit meinem Verhalten in der Gesellschaft von internationalen Größen aus der Literaturgeschichte befand, wie Till Eulenspiegel, Hodscha Nasreddin oder Josef Schwejk, die jede Anweisung, jeden Auftrag, jeden Befehl immer genau und wörtlich nahmen, die Anordnungen durch deren übereifrige Befolgung bis ins Absurde steigerten und durch ihre vorgespielte Blödheit fragwürdige Vertreter herrschender Obrigkeiten in ihrer Lächerlichkeit entlarvten. Gern denke ich immer wieder an die widerständischen Helden und Heldinnen der Weltliteratur, in deren Gesellschaft ich mich sehr wohl fühle. Besonders ausgeprägt sind diese Gedanken übrigens, wenn ich im Schatten eines Baumes sitze.

Einige Monate nach diesem Vorfall im Schulhof wurde der Pleyer auf der Stirn von einer Biene gestochen. Er sah aus, als wachse ihm ein Horn aus dem Kopf. Mit dieser markanten Beule, mit seinen kleinen rundlichen Augen und mit seinem naturgegebenen breiten Grinsen schaffte er es mühelos, ein Rhinozeros darzustellen, ohne es imitieren zu müssen. Der Pleyer war mir eben in manchen Bereichen weit voraus.

Verteidigung des Christkinds

Es war Adventzeit, als der Noah Seidl und der René Rettenbacher nach einem Schultag in der Hauptschule Saalfelden, die seit einiger Zeit Neue Mittelschule hieß, mit dem Postbus heim nach Euring fuhren. Sie kamen an einem Gelände vorbei, wo Christbäume zum Verkauf angeboten wurden. Am Eingang schwebte ein aufgeblasener überlebensgroßer Weihnachtsmann aus Kunststoff, mit weißem Bart und roter Zipfelmütze. Der René sagte zum Noah: „Immer mehr werdens, diese Weihnachtsmander!" Und der Noah antwortete: „Die kommen aus Amerika zu uns. Mein Vater nennt sie Weihnachtstrumps." Sie lachten beide, denn der Vergleich mit diesem aufgeblasenen Amerikaner war treffend. „Zuerst haben uns die Amerikaner den Blödsinn mit dem Halloween eingebrockt und jetzt das!"

Ohne ein weiteres Wort zu sagen, waren sie sich einig, dass etwas geschehen müsse. Wenig später trafen sie sich beim René und besprachen die Sachlage. „Jeder Depp kann so einen Weihnachtsmann spielen", meinte der Noah, „ganz wurscht, wie alt er ist, ganz wurscht, ob er schön ist oder schiach, gscheit oder blöd." „Genau", fügte der René hinzu. „Ein aufpickter weißer Bart und eine rote Zipfelhaube, mehr brauchst nicht. Und reden muss so einer auch nicht viel. Ho, ho, ho, wenn er sagt, das reicht." So ein Gehabe erschien ihnen für die Adventzeit im Innergebirg höchst unwürdig und primitiv. „Dabei gibts bei uns eh das

Christkindl, da brauchen wir diesen großkopfterten Weihnachtsklachel schon überhaupt nicht“, sagte der René. Dann analysierten sie kurzerhand die Gründe für diesen Vormarsch der Weihnachtsmänner, kamen aber auf kein Ergebnis. „Da gehts nur ums Gschäft“, meinte der Noah. Sie stellten fest, dass unser traditionelles, einheimisches Christkind durch diese gnadenlose Überschwemmung mit amerikanischen Weihnachtstrampeln mehr und mehr verdrängt wird. „Wenn das so weiter geht, dann geht unser liabs Christkindl vor die Hund“, sagte der Noah. Und der René stellte die entscheidende Frage: „Ja, gibts denn das Christkindl überhaupt?“ Sie machten die erschütternde Entdeckung, dass sich das Christkind gegen diese Entwicklung gar nicht wehren kann, denn es ist zwar in den Gedanken der Menschen, vor allem in denen der Kinder, vorhanden, in der Wirklichkeit jedoch gar nicht existent. Weihnachtsmänner hingegen sind heute zu hundert Prozent präsent, quer durch alle Generationen. Noahs Tante Traudl, die sich gern mit übersinnlichen Kräften und Elementen auseinandersetzt, hat einmal gesagt, dass das Christkind im feinstofflichen Bereich sehr wohl existiere, atmosphärisch also. Aber was das genau bedeutet, haben weder der Noah noch der René kapiert. „Das liegt daran“, sagte der René, „dass dieses Christkindl nicht sichtbar ist. Oder kennst du wen, der schon einmal eins gesehen hat?“ „Nein“, sagte der Noah mit offenem Mund. Es heißt zwar in dem bekannten Adventgedicht, dass, wenn vier Kerzen am Adventkranz brennen, das Christkind vor der Tür steht, eine schöne Erfindung, denn in Wahrheit ist es noch nie leibhaftig vor der Tür gestanden, da konnte man Türen aufmachen, so viel man wollte. „Wir müssen schauen, dass unser Christkindl sichtbar wird“, sagte der Noah plötzlich. Und der René fügte hinzu: „Wenn verkleidete Weihnachtsmander durch die Gegend laufen, dann können das auch verkleidete Christkindln tun.“ Das schien für beide eine gute Taktik gegen die zunehmende Konkurrenz zu sein. Sie gingen zu Noahs Tante Traudl und fragten sie, wie denn so ein Christkind ausschaue. „Das muss man sich wie eine Art irreal existierende Materie vorstellen, wie die Seele eines Menschen.“ Sie bemerkte, dass weder der Noah noch der René verstanden, was sie meinte und fuhr fort: „Etwas, das man spürt, aber nicht sieht, wie Elektrizität, also Strom.“ Das verstanden die beiden Buben schon besser, denn die Stromstöße, die sie sich an elektrischen Weidezäunen geholt hatten, waren ihnen noch in bester Erinnerung. Aber wie sollte man so einen Christkindlstrom sichtlich spürbar herumschicken? Das alles war mehr als seltsam und schon gar nicht zielführend.

Am nächsten Tag in der Schule fragten sie ihre Religionslehrerin, wie denn ein Christkind ausschaue. Sie sagte, dass es sich dabei um den neugeborenen Jesus handle, dass das wohl klar sei und dass man das als guter Katholik doch wissen müsse. Der Noah und der René bekamen wieder keine befriedigende Antwort und standen noch dazu vor ihren Schulkameraden da, als würden sie noch an das Christkind glauben. Doch wurde ihnen auch schlagartig klar, dass es unmöglich sein würde, ein neugeborenes Kind als Konkurrenz zu den Weihnachtsmännern herumzuschicken. Der René hatte eine Idee: „Wir schreiben einen Brief an den Erzbischof von Salzburg. Der ist schließlich vom Fach." Doch der Noah winkte ab: „Der wird uns auch nichts anderes sagen als die überdrüber gscheite Religionslehrerin. Die stecken sowieso alle unter einer Decke." Der René meinte noch, dass es dann auch nichts nützen würde, den Papst in Rom als höchste irdische Instanz in solchen Fragen bezüglich näherer Informationen zu konsultieren. „Das glaub ich auch", fügte der Noah hinzu.

Zufällig trafen sie den Breitfuß Hias, der einen Christbaum in der Hand hielt, den er gerade illegalerweise im Wald umgeschnitten hatte und nun stolz nach Hause trug. „Sag einmal, Hias", fragte ihn der Noah, „du weißt eh immer alles. Wie könnte denn ein Christkindl ausschauen?" „Genauso wie meine Frau, die Christl", antwortete er. „Übrigens, da fällt mir ein: Heiraten ist wie Christbaum stehlen. Kaum schneidst einen um, siehst einen schönern." Dann lachte er und ging weiter. So ein Blödsinn, dachten der Noah und der René einhellig.

Sie kamen bei einem Einkaufszentrum vorbei, vor dem ein Weihnachtsmann mit einem lauten „ho, ho, ho“ die Leute zum Konsum ermunterte. „Dort kauf ich nie wieder ein“, sagte der Noah. Dann sahen sie bei einem Wohnhaus auf einem Balkon im zweiten Stock eine Weihnachtsmannpuppe hängen, die so tat, als würde sie auf das Geländer klettern. „Dort wohnen der Meixner Ruapp und die Resi. Jetzt fangen die auch schon damit an!“, schimpfte der René und war wirklich verärgert, weil gerade der Ruapp und die Resi als traditionelle Leute bekannt sind, bei jedem Umzug des Trachtenvereins in der ersten Reihe mitmarschieren und fremdländischen Bräuchen ein gesundes Misstrauen entgegenbringen. Sie gingen ins Haus und läuteten an der Wohnungstür. Die Resi öffnete und musste sich die Vorwürfe der beiden Schüler lang und breit anhören. Da ihr dieser Weihnachtsmann auf dem Balkon ohnehin nicht gefiel und außerdem die Idee ihres Mannes war, der die Puppe von einem Freund aus den USA geschenkt bekommen hatte und sie allein schon aus Freundschaft zu ihm zur Schau stellte, war sie sofort bereit, sie von dort wieder zu entfernen. Da hatte der René die Idee, die Puppe als Christkind zu verkleiden und es so sichtbar zu machen. Dadurch konnte man diesem ausländischen Treiben etwas Einheimisches, Regionales und Traditionelles entgegensetzen. Ohne lang nachzudenken, kramte die Resi ein Dirndlkleid hervor, aus dem sie schon lang herausgewachsen war, dazu noch eine Faschingsperücke mit silbernen Haaren. Damit bekleideten sie die Puppe und hängten sie an Stelle des Weihnachtsmanns auf den Balkon.

Als der Meixner Ruapp, Ingenieur bei der Wildbachverbauung, von der Arbeit nach Hause kam und die Puppe sah, schimpfte er gewaltig und meinte, dass sie aussehe wie die Lechner Ulli vom Trachtenverein. „Wenn das wer sieht, der die Ulli kennt, dann könnte der glauben, dass sich die Ulli dort oben aufgehängt hat.“ Das ging natürlich gar nicht, man entfernte die Doppelgängerin der Lechner Ulli, hängte aber immerhin keinen Weihnachtsmann mehr an ihre Stelle. Der Noah und der René diskutierten daraufhin mit dem Ruapp und der Resi über das Problem, dass es das Christkind zwar gibt, es aber nicht zu sehen ist, doch kamen sie in ihren intensiven Gesprächen auf keinen grünen Zweig. Sogar die Resi resignierte.

Es war schon finster. Niedergeschlagen machten sich der Noah und der René auf den Heimweg. Als sie wiederum an dem Gelände mit den Christbäumen vorbeikamen, die zu so später Stunde niemand mehr zum Verkauf anbot, erledigten sie den aufgeblasenen überlebensgroßen Weihnachtsmann aus Kunststoff kurzfristig mit ein paar Stichen des Taschenmessers vom René. „Wenigstens dem ist die Luft ausgegangen“, sagte der Noah. Nun sahen sie überall ausgestopfte Weihnachtsmänner in Schaufenstern stehen und an Hauswänden hängen. Sie mussten sich durch eine Horde von besoffenen Wintertouristen mit roten Zipfelmützen quälen, die ein niederländisches „ho, ho, ho“ grölten. Auch in den vorweihnachtlichen Fernsehshows wimmelte es nur so von roten

Zipfelmützen und weißen Wattebärten. Sie waren sich einig, es ehrlich versucht zu haben, konnten aber dieser grassierenden Invasion nichts entgegensetzen und kapitulierten vor einer feindlichen Übernahme ihrer angestammten stillen Christkindlkultur durch laute rot-weiße fremdländische Weihnachtsstatisten. Mit einem Gefühl der Verzweiflung schafften sie es durch den Advent. Der Heilige Abend kam heran. Es wurde ruhig, sogar die Weihnachtsmänner hatten nichts mehr zu sagen. Dann stand das Christkind vor der Tür, keiner konnte es sehen, doch jeder glaubte zu spüren, wie anwesend es war. Denn das wahre Wesen ist oft unsichtbarer als man glaubt.

Erzählung

Meine Mutter hatte in Zell am See ein Ledergeschäft. In einem einzigen engen Raum stellte sie in Handarbeit Lederhosen aus Hirschhäuten her, die sie mit weißem Zwirn bestickte. Dieses Geschäft war im Hotel zum Hirschen am Postplatz untergebracht. Gegenüber, auf der anderen Seite der Loferer Bundesstraße, damals noch weniger befahren als heute, obwohl es heute einen Umfahrungstunnel gibt, befand sich eine von Herrn Kommerzialrat Isidor Eder betriebene Gemischtwarenhandlung. Herr Eder ist neben meinem Volksschulfreund Isidor Wimmer und seinem gleichnamigen Vater der einzige Isidor, den ich in meinem Leben kennengelernt habe. Herr Wimmer war der Wirt vom Bergheim, einem Gasthaus auf einer Anhöhe im Süden der Stadt. Er hatte ein dreirädriges Motorrad, auf dem hinten eine Holzkiste angebracht war, mit der er alles Mögliche zu seinem Bergheim lieferte. Nach der Schule durften wir oft gemeinsam mit Isidor in diese Kiste steigen. Herr Wimmer drehte dann ein paar Runden am Postplatz mit uns. Wir waren stolz darauf, Isidor zu kennen und von seinem Vater herumgefahren zu werden. Ich war begeistert von dem Namen Isidor und wollte auch so heißen, aber dafür war es zu spät.

Angrenzend an das Ledergeschäft meiner Mutter, ebenfalls im Hotel zum Hirschen, befand sich der Friseur Königsreiter, der mir mit zunehmendem

Alter unsympathischer wurde, da er uns jedes Mal den Hinterkopf kahl schor, sodass wir aussahen wie Soldaten und nicht wie moderne Jugendliche mit etwas längeren Haaren, die gerade begannen, den Zeitgeist zu bestimmen. Gegenüber vom Friseur Königsreiter, auf der anderen Seite der Weißgerbergasse, war der Eingang zur Metzgerei Heitzmann, heute ein Hotel mit einer Rooftop-Bar, von der aus man einen Blick über die Stadt hat. Neben dem Eingang stand eine hölzerne Bank. Auf dieser Bank saß oft meine Großmutter mit Anna Wiedemann, der ehemaligen Wirtin vom Steinerwirt, die das Wirtshaus schon beizeiten an ihre Tochter übergeben hatte. Zwischen den beiden annähernd gleichaltrigen Frauen schien eine stille Freundschaft zu bestehen, die ich damals als Jugendlicher nicht verstand, die mich auch nicht sonderlich interessierte. Von dieser Verbundenheit zwischen den beiden Damen erzählte mir vor kurzem meine Mutter, so wie sie es von ihrer Mutter, meiner Großmutter, vor langer Zeit erzählt bekommen hatte.

Anna Wiedemann, die damals noch Hasenauer hieß, verliebte sich als achtzehnjähriges Mädchen in den Franz, einen jungen Eisenbahner, der nichts hatte als seine Zukunft, seine Arbeitskraft und seine Liebe zu Anna, mit der er sein Leben verbringen und eine Familie gründen wollte. Anna wurde von Franz schwanger. Die beiden wollten heiraten, was ihnen aber von Annas Stiefvater, einem typischen patriarchalischen Familienoberhaupt der damaligen Zeit, nicht erlaubt wurde, da der Franz als Eisenbahner für die Tochter eines Gastwirts und späterer Erbin eines der größten und ältesten Wirtshäuser in Zell am See als nicht standesgemäß betrachtet wurde. Ein weiterer Grund für seine Ablehnung soll auch gewesen sein, dass der Stiefvater Anna als seine beste und billigste Arbeitskraft im Wirtshaus durch ihre Heirat verloren hätte. Annas Kind würde also unehelich zur Welt kommen, eine Schande für die Familie. Um diese Schande in der unmittelbaren Umgebung zu verheimlichen, wurde die hochschwangere Anna von ihrem Schwager nach Salzburg gebracht, um dort ihr Kind auf die Welt zu bringen. Es war ein Mädchen, sie nannte es Juliane, nach ihrer früh verstorbenen jüngeren Schwester. Nach der Geburt telegraphierte der Schwager an die Familie in Zell am See: „Beide Damen wohlauf." Dieser Satz genügte, um das Ereignis mitzuteilen, aber gleichzeitig das kleine Geheimnis nicht öffentlich zu machen. Anna kehrte nach Zell am See zurück und musste so tun, als wäre nichts geschehen. Das Kind kam zu Bekannten der Familie nach Maria Alm, wo es seine ersten Lebensmonate verbrachte.

An einem Nachmittag im Frühling 1921 wurde meine Großmutter, sie war damals sechzehn Jahre alt, von ihrer Freundin Resi, ebenso wie sie Tochter eines Bauern in der Schmittenstraße, um Hilfe gebeten: „Ich muss ein Butzerl vom Bahnhof abholen. Bitte geh mit mir!" Meine Großmutter begleitete daraufhin die Resi zum Bahnhof von Zell am See, wo sie ein Butzerl, ein Kleinkind von ein paar Monaten, in Empfang nahmen, das ihnen von einer mit dem Zug aus Saalfelden angereisten Frau übergeben wurde. Abwechselnd trugen sie das Kleinkind hinauf zum Angerbauern am Ende des Schmittengrabens, wo die Resi zu Hause war. Es war ihnen aufgetragen, den Umweg über den Köhlergraben zu nehmen, damit sie keinem Menschen begegneten, der Fragen stellen könnte. Dieses Butzerl war die kleine Juliane, sie sollte als Ziehkind beim Angerbauern aufwachsen, heimlich, um die Schande des unehelichen Kindes so lange zu verbergen, bis Gras über die Sache gewachsen war. Beim Angerbauern gab es ohnehin schon viele Kinder, da fiel eines mehr nicht sonderlich auf. Keiner würde die Frage stellen, woher es käme. Die Familie des Angerbauern kümmerte sich rührend um das Mädchen, das dort eine schöne Kindheit verbrachte. Besonders der Großvater, von Juliane liebevoll „Angervater" genannt, hatte sie ins Herz geschlossen. Ihre Mutter Anna besuchte sie gelegentlich, Franz, der Vater des Kindes, ließ sich nicht davon abhalten, so oft wie möglich seine Tochter zu sehen, die er über alles liebte. Wenn meine Großmutter in die Stadt ging, schaute sie immer bei Anna vorbei, um ihr vom Aufwachsen ihrer Tochter zu erzählen. Als Sechsjährige und nun schulpflichtig durfte Juliane endlich zum Steinerwirt zu ihrer Mutter ziehen, deren Stiefvater vor kurzem gestorben war. Nun schien wirklich Gras über die Sache gewachsen zu sein, in der Nachbarschaft interessierte sich niemand mehr für die Herkunft dieses Kindes. Franz war oft im Steinerwirt, wo er vorgab, Karten zu spielen. In Wahrheit wollte er nur in der Nähe seiner Tochter sein, die nicht wissen durfte, dass er ihr Vater war und Onkel Franz zu ihm sagen musste. Anna heiratete später den Herrn Wiedemann aus Vorarlberg, der zufrieden darüber war, in einem namhaften Gasthaus Wirt werden zu können.

So erzählte es mir meine Mutter. Doch plötzlich hörte sie auf zu erzählen, da sie bemerkte, dass ich mir Notizen machte. „Dann schreibst du das alles wieder in ein Buch, damit es alle lesen können“, sagte sie. „Ich hab damit nichts zu tun.“ Von nun an durfte ich mir von dem, was sie erzählte, nichts mehr notieren, also musste ich mir alles merken. Zum Glück erzählte sie einiges mehrmals, sodass ich mich später besser daran erinnern konnte. Aber vielleicht machte sie die Wiederholungen absichtlich, weil innerlich schien sie damit einverstanden zu sein, dass ich das alles aufschreibe, dass ich vergangene und vergessene Geschichten und Wahrheiten festhalte, auch wenn sie manchmal über meine sprachliche Direktheit entsetzt war. Aber die Wahrheit verträgt eben keine beruhigenden Verzierungen.

Über Herrn Wiedemann hatte meine Mutter nicht viel zu sagen. „Den hab ich nicht mögen. Er hat viel gesoffen und saublöde Witze erzählt. Ein Großmaul und ein Weiberer war er. Keine Kellnerin war vor dem sicher. Aber lustig mit den Gästen war er, ein

Wirt halt und ein Jäger." Dann rückte sie mit einer fast schon vergessenen Geschichte über ihn heraus. Als sich Herr Wiedemann nach der Sperrstunde in der Gaststube mit einer seiner Kellnerinnen auf dem Wirtshaustisch sexuell vergnügte, bekam diese Kellnerin plötzlich einen Krampf im Genitalbereich, sodass der Wirt nicht mehr von ihr loskam und sich in ihr verklemmte. Mühsam gelang es dem ungewollt eng verbundenen Paar, sich zum Telefon zu bewegen und den Arzt zu rufen. Der Arzt befreite die beiden schließlich mit einer krampflösenden Spritze aus ihrer verklemmten Lage. Unter vorgehaltener Hand hieß der Wirt daraufhin lange Zeit „Klemmwirt". Als ich am Stammtisch des Steinerwirts diesen Begriff einmal erwähnte, meinte jemand, es handle sich dabei um einen Wirt aus dem Glemmtal. So weit weg und vergessen ist das alles schon.

Anna überlebte ihren Ehemann um fast zwanzig Jahre und hatte keine Kinder mit ihm. Juliane blieb ihr einziges. Ich kann mich noch gut daran erinnern, wie sie fast achtzigjährig leicht gebeugt und auf einen Stock gestützt im Wirtshaus stand und dem geschäftigen Treiben zusah, eine Art Instanz, die über dem Ganzen zu wachen schien. Für uns alle war sie die Frau Wiedemann, eine freundliche, ruhige, zufrieden wirkende alte Dame, die sich wenig um die Meinung anderer scherte. Franz heiratete und baute mit seiner Frau ein Haus in der Nähe des Ebenberglifts. Er war sein Leben lang Stammgast beim Steinerwirt. Juliane erbte das Wirtshaus, heiratete und wurde eine beliebte, geschätzte Bürgerin von Zell am See mit einer großen Familie.

Nach den Erzählungen meiner Mutter verstand ich nun, was meine Großmutter mit der Frau Wiedemann verband, wenn die beiden Frauen auf der Bank vor der Metzgerei saßen, ruhig und gelassen, ohne sich viel zu sagen. Es genügten ein paar Blicke, um von Enttäuschung und von Hoffnung zu erzählen, von zerstörtem und gewonnenem Glück.

Hand in Hand

Früher gab es in den Orten des Innergebirgs wie auch anderswo kleine Krämerläden, Geschäfte mit Lebensmitteln, Gemischtwarenhandlungen, wie sie heute nahezu nicht mehr zu finden sind. Meistens waren es der Besitzer oder die Besitzerin des Ladens selbst, die dort die Kunden bedienten, manchmal auch eine Verkäuferin. In einem dieser Läden stand auf dem Ladentisch ein großes rundes Glas mit in Papier gewickelten Zuckerln. Kinder, die mit ihren Eltern einkauften, durften in dieses Glas greifen, um sich ein paar herauszunehmen. Als eines Tages ein Bub mit seinem Vater in diesen Laden kam und ihn die Verkäuferin aufforderte, sich aus dem Glas zu bedienen, rührte sich der Bub nicht und sah zu seinem Vater hinauf. Der sagte: „Na, was ist? Greif zu!“ Doch der Bub rührte sich nicht. Schließlich streckte der Vater die Hand in das Glas, holte ein paar Zuckerl heraus und gab sie seinem Sohn. Draußen, vor dem Geschäft, fragte der Vater den Sohn, warum er denn nicht selber in das Glas gegriffen habe? Der Bub antwortete: „Weil deine Hand größer ist als meine.“

Rein äußerlich

Als mein Auto endgültig nicht mehr zu gebrauchen war, sah ich mich gezwungen, einen neuen Gebrauchtwagen mit nur wenig gefahrenen Kilometern anzuschaffen. Ich ging in der Stadt Salzburg in diverse Autohäuser, um mich beraten und mir Modelle vorschlagen zu lassen. Dabei kam ich auch in das Firmengebäude einer großen deutschen Automarke. Wie im Sommer üblich, war ich mit kurzer Hose, T-Shirt und Sandalen bekleidet. Ich äußerte freundlich meinen Wunsch nach einem Gebrauchtwagen, man sagte mir, ich solle nach draußen gehen, dort würden einige herumstehen. Wegen der Menge an angebotenen Gebrauchtwagen bat ich einige Mitarbeiter dieses Autohauses, mir zu helfen und mich zu beraten. Doch seltsamerweise ließ man mich stehen, ohne auf mein Anliegen einzugehen. Auf Grund eindeutiger Blicke führte ich das allgemeine Desinteresse und die abfällige Behandlung auf meine rein äußere Erscheinung zurück, die im krassen Gegensatz stand zu Anzug und Krawatte der Mitarbeiter und anderer zufällig anwesender Kunden. Ich ging wieder und kaufte mir ein paar Tage später bei einem anderen Autohändler, dem mein Erscheinungsbild anscheinend egal war, einen japanischen Gebrauchtwagen.

Nach diesem Erlebnis im Salzburger Autohaus fiel mir ein, was man heute noch über Maria Hochfilzer erzählt, die 1868 Josef Schwaiger, den Wirt des Gasthofs Bräurup in Mittersill heiratete. Als ihr Ehemann 1881 starb, führte sie allein den ertragreichen Betrieb, Landwirtschaft, Gasthaus, Brauerei und Sägewerk. Sie war eine tüchtige und schlagfertige Frau, die sich im Leben nicht unterkriegen ließ. Sie sagte zu allen „du“, auch zu hochrangigen Mitgliedern des österreichischen Kaiserhauses, die gern in ihrem Gasthaus einkehrten. Um das Jahr 1900 erkundigte sie sich in Wien in einem Antiquitätengeschäft nach dem Preis eines wertvollen Spiegels mit goldenem Rahmen. Der Spiegel gefiel ihr, sie hätte ihn gern gekauft. Der Verkäufer jedoch meinte in Hinblick auf ihr einfaches, ländliches äußeres Erscheinungsbild in Pinzgauer Tracht: „Den Spiegel können Sie sich sowieso nicht leisten.“ Die Bräurup-Wirtin wurde zornig, zerschlug den Spiegel mit ihrem Stock und sagte: „Jetzt wirst mir wohl sagen, was er kostet!“ Sie zahlte, ließ sich den zerbrochenen Spiegel einpacken und fuhr zufrieden nach Hause.

In diesem Zusammenhang soll auch der Driessler Bascht erwähnt werden, der eigentlich Herbert hieß und von 1929 bis 2011 in Zell am See lebte. In einer der Glocknergaragen an der südlichen Stadteinfahrt hatte er gemeinsam mit seinem Vater eine Werkstatt zur Reparatur von Zweirädern aller Art. Nach dem Tod des Vaters reparierte und bastelte er allein an Mopeds, Motorrädern und Fahrrädern herum, brachte aber auch kaputte Rasenmäher wieder in Gang. Für jedes Ding mit zwei Rädern hatte er eine gute

Hand. Er wohnte im zwei Kilometer entfernten Ortsteil Schüttdorf und fuhr am Morgen mit dem Auto in seine Werkstatt, begleitet von seinem Hund. Regelmäßig um die Mittagszeit ging der Hund allein von der Werkstatt zum Bahnhof, stieg in den Zug und fuhr die eine Station bis Schüttdorf, wo er ausstieg und nach Hause trottete. Als eines Tages der Zug nicht pünktlich abfuhr und die Fahrgäste fragten, was denn los sei, gab ihnen der Schaffner zu verstehen, dass man noch auf einen Fahrgast warte. Dann kam der Hund, ein einziges Mal um zehn Minuten zu spät. Man sagt ja: „Wie der Herr so der Hund." Und der Bascht war sehr intelligent.

Man erzählt sich heute noch Geschichten über ihn, die ihn zu einem Zeller Original machten. So wollte er einmal mit einem Freund in München in einem feinen Hotel ein Zimmer haben. Als Mechaniker war er stets mit einem blauen Overall bekleidet und hatte aus Spaß als Reisegepäck statt eines Koffers zwei Waschmittelkartons bei sich. Sein Freund ebenso. Die Rezeptionistin des Hotels bot den beiden Männern wohl auf Grund von deren äußerem Erscheinungsbild im obersten Stock eine enge, primitiv ausgestattete Kammer zu einem überteuerten Preis an. Das wollte der Bascht nicht hinnehmen und bat die Rezeptionistin, das Telefon benützen zu dürfen. Dann rief er bei seinem Vater in Zell am See an und sagte: „Hier Driessler von den Driessler Werken Zell am See, Halle sieben! Mit BMW ist alles vereinbart.

Die neuen Modelle werden demnächst geliefert." Die Rezeptionistin, die das Gespräch mitangehört hatte, nahm nun an, dass es sich bei diesen einfach gekleideten Männern um wichtige Herren handeln müsste und überließ ihnen zum Preis der vorhin angebotenen Dachkammer eine komfortable Suite.

Der Bascht war ein sprachliches Naturtalent. Mit seiner angenehmen, sonoren Stimme verstand er es, Leute für sich einzunehmen, und er hatte auch ein gutes Ohr für Fremdsprachen. Englisch lernte er von den amerikanischen Besatzungssoldaten, Französisch von den Urlaubern und Urlauberinnen in Zell am See. Er hatte die Gabe, sich leicht in eine Sprachmelodie hineinzuversetzen, sodass man annehmen konnte, er wäre dieser Sprache mächtig. Der Pacalt Ernst war einmal mit dem Bascht in Morlaix in der Bretagne zu einer Hochzeit eingeladen, wo die Tochter eines Freundes einen Franzosen heiratete. Als die Hochzeitsgäste aufgefordert wurden, etwas zum Besten zu geben, ein Lied, ein Gedicht oder etwas anderes, sprang der Bascht auf den Tisch und sang spontan das berühmte Volkslied der Innergebirgler „Zipfi eini, Zipfi aussi!". Auf Französisch. In seiner Übersetzung hieß es „Queue avant, queue retour!" Die Gesellschaft war begeistert von diesem treffenden und originellen Vortrag eines zu Hochzeiten passenden Liedes.

Ich kann mich an den Bascht noch gut erinnern, ein eher kleiner, stämmiger, rothaariger Mann mit ebenso rotem Vollbart und schelmischem Blick. Beim Umzug am Faschingsdienstag spielte er immer eine tragende Rolle. Jammernd und flehend wurde er auf einem Karren angekettet durch die Stadt zu einem am Stadtplatz aufgestellten Richtplatz geführt, wo er für seine begangenen Schandtaten bestraft werden sollte. Ein Henkersknecht erwartete ihn mit einem Beil. Vor der Hinrichtung fragte ihn ein Pfarrer nach seinem letzten Willen. Er wünschte sich als Henkersmahlzeit dreißig Faschingskrapfen vom alten Moßhammer, Kaffeehausbesitzer am Stadtplatz. Der Bascht freute sich jedes Mal, wenn ihm der für seinen Geiz bekannte Moßhammer die Faschingskrapfen gratis spenden musste, um den letzten Willen eines armen Verurteilten zu erfüllen. Wir Kinder waren jedes Jahr dabei, weil wir die Erlaubnis bekamen, den Bascht beim Verzehren der Faschingskrapfen zu unterstützen. Daraufhin wurde die Todesstrafe vollzogen, der Henker tat so, als würde er den Bascht köpfen, was sehr realistisch aussah. Das Publikum applaudierte und verlangte nach einer Zugabe. Und so begann alles von vorn, der Mooshammer musste zähneknirschend wiederum die Faschingskrapfen bereitstellen, wir durften wiederum dem Bascht beim Aufessen helfen, er wurde wiederum geköpft.

Auf dem Stadtplatz, direkt neben der früher im Fasching errichteten Richtstätte, steht der Stadtbrunnen, auf dem ein steinerner Knabe einen großen Fisch in den Händen hält und seinen nackten Hintern in die Luft streckt. Das Lächeln dieser Figur erinnert mich immer an den verschmitzten Gesichtsausdruck des Driessler Bascht und scheint uns für die Ewigkeit zu sagen: „Leckt mich doch alle am Arsch!“

Vor einiger Zeit hat man an den Mauern des Stadtbrunnens steinerne Tafeln mit Ereignissen aus der Geschichte von Zell am See angebracht, Gründung des Ortes, Stadterhebung, Kanalisation, Umfahrungstunnel und das Erringen olympischer Goldmedaillen durch Zeller Sportler. Der nackte Hintern des steinernen Knaben weist übrigens genau auf die darunter angebrachte Tafel mit der Kanalisation. Der Driessler Bascht würde dazu sagen: „Da hat sich beim Aufstellen der Tafeln wohl einer was überlegt. Rein äußerlich.“

Bei seinem Begräbnis am Zeller Bergfriedhof fuhren der Kreml Edwin und einige Freunde mit alten Motorrädern vor, um dem Bascht die letzte Ehre zu erweisen. Während der Feierlichkeiten starteten sie unterhalb des Friedhofs die Motorräder und gaben Vollgas. Lärm und Gestank zogen zum Friedhof hinauf. Da sagte seine ewige Lebensgefährtin Steffi: „So schön! Denn das war seine Musik und sein Parfum.“

Italian Restaurant
1953 — 1968
KANALISATION — SEEREINHALTUNG
KURCENTER — HALLENBAD
EUROPA SPORT REGION

Bloak

Der Name Blaikner gehört laut seiner Herkunft zur Gruppe der Familiennamen, die eine besondere Eigenschaft des Ortes, der Lage, wo jemand wohnt, bezeichnet. Berger, Wieser, Kogler, Gruber und viele mehr sind ebenso dieser Gruppe zuzuordnen. So erinnert der Name Blaikner daran, dass jemand an einer „Plaike“, also an einer durch Abrutschung entstandenen, unbewachsenen, kahlen, sozusagen „bleichen“ Geländestelle seinen Wohnsitz hatte. Im Innergebirg sagt man zu einem derart abgegangenen Erdrutsch „Bloak“.

Am Tauernradweg zwischen Krimml und Wald kommt man in der Nähe des Bahnhofs an einem von der Biotopschutzgruppe Pinzgau errichteten Gewässer vorbei. Dort stand einmal eine hölzerne Tafel, worin die Aufschrift eingeschnitzt war: Geschütztes Biotop „Blaiknertümpel“. Auf meine Nachfrage, wer denn dieser mir namensgleiche Blaikner sei, nach dem der Tümpel benannt worden war, berichtete mir Volkmar Zobl, ehemaliger Direktor der Volksschule Krimml: „Das ist der Fred aus Krimml, ein ehemaliger Bierführer und späterer Versicherer. In der Nähe von seinem Haus waren Kaulquappen in einer Lacke, die im Sommer oft ausgetrocknet ist. Dann hat der Fred von der Krimmler Ache Wasser geholt und in die Lacke geschüttet, damit die Kaulquappen nicht verdursten. Nicht weit davon entfernt haben wir später das Biotop angelegt. Und diesem Biotop haben wir ehrenhalber den Namen vom Fred gegeben."

Ein kleiner Bach in der Nähe führte einmal bei einem Unwetter so viel Erdreich und Geröll mit sich, dass er das geschützte Biotop „Blaiknertümpel" beinahe verschüttet hätte. Da sich der Bach jedoch kurz oberhalb des Tümpels ein anderes Bachbett gegraben und seinen Lauf geändert hatte, blieb der Blaikner von einer Bloak verschont.

Literaturhinweise

Al-Buhari: Die Sammlung der Hadithe. Ausgewählt, aus dem Arabischen übersetzt und herausgegeben von Dieter Ferchl. Stuttgart 1991

Akyol, Cigdem: Sie lachen das System aus. Die „Moustache Brothers“. In: Frankfurter Allgemeine Zeitung (FAZ). 4. November 2010

Brettenthaler, Josef / Laireiter, Matthias: Das Salzburger Sagenbuch. Salzburg 1962

Der Koran. Aus dem Arabischen übersetzt von Max Henning. Stuttgart 1991

Dopsch, Heinz: Kleine Geschichte Salzburgs: Stadt und Land. Salzburg 2001

Empl, Paul: Heimat Pinzgau. Saalfelden 2008

Handke, Peter: Eine winterliche Reise zu den Flüssen Donau, Save, Morawa und Drina oder Gerechtigkeit für Serbien. Frankfurt am Main 1996

Knopf, Viktor: Der Fluchtweg über den Krimmler Tauern. In: Albrich, Thomas (Hrsg): Flucht nach Eretz Israel. Die Bricha und der jüdische Exodus durch Österreich nach 1945. Innsbruck, Wien 1998

Sargent, Inge: Dämmerung über Birma. Mein Leben als Shan-Prinzessin. Zürich 2006

Where Cultures Meet. Broschüre. Hrsg. vom Austro-Arab Chamber of Commerce. Wien 2014

Wieneroiter, Franz: Die Einsiedelei in Saalfelden. Auf den Spuren der Eremiten. Saalfelden 1984

Wieneroiter, Franz: Mordanschlag nach sieben Jahren geklärt. In: Pinzgauer Nachrichten vom 31. Jänner 1977

Wittner, Peter: Stefan Zweig zu Gast in Zell am See und Thumersbach. Zell am See 2018

Ziller, Leopold: Die Salzburger Familiennamen. Ihre Entstehung, Herkunft und Bedeutung. Salzburg 1986

Quellennachweise in Zeitungen

Artikel aus der „Neue Kronen Zeitung“:

Wolfgang Weber: Möchte Dorli zurück kaufen. 14. August 2014

„Frei für alle“. Gratis Sex: Salzburger Bordell erhitzt die Gemüter. 9. Juni 2015

Artikel aus den „Salzburger Nachrichten“:

Thuswaldner, Werner: Kein verbaler Balkankrieg. 1. April 1996

Bayer, Heinz: Flüchtlinge auf Foto wiedererkannt. 25. März 2008

Schweinöster, Walter: Handelsweg, Fluchtroute und Versteck für Schmuggler. 19. August 2011

Daniele Pabinger: Der Abschuss der weißen Gams kündete vom Unglück. 13. September 2011

Huber, Heidi: Triumphe und Tragödien auf dem mächtigen Glockner. 24. September 2011

Bayer, Heinz: Acht Schüsse und das Drama eines Unschuldigen. 27. Dezember 2012

Hessenberger, Michaela: Arabische Urlauber wollten Schaf schächten. 9. August 2014

Huber, Heidi / Kaindl, Anton: Der Schleier ist ab Herbst verboten. 16. Mai 2017

Bayer, Heinz: Höchste Seilbahnstütze steht nicht mehr am Kitzsteinhorn. 20. Juli 2017

Fotonachweis

Seite 29 Einsame Schneekanone

Seite 39 Der Autor beim World Economic Forum in Salzburg, 2001

Seite 57 Wegweiser im Kieswerk Sulzau

Seite 73 Die Schneegrube im Steinernen Meer

Seite 98 Weindiplom aus Lagrasse

Seite 102 Geldschein aus Zimbabwe, 2008

Seite 117 No Feetwashing

Seite 122 Lu Maw und der Autor in Mandalay (Myanmar)

Seite 147 Der Stadtbrunnen in Zell am See

Seite 150 Der Blaiknertümpel bei Krimml

Die Fotos stammen vom Autor.
Foto auf Seite 39: Mike Vogl
Foto auf Seite 122: Mi Lin

Das Umschlagfoto von Ben Karil zeigt den Autor in Timbuktu (Mali) im Jahr 2011.

Foto des Autors auf der Flappe: Petra Gasperl